海明威全集

有钱人和没钱人

To Have and Have Not

〔美〕海明威 著

以 笙 译 俞凌娣 主编

中国出版集团 现代出版社

图书在版编目（ＣＩＰ）数据

有钱人和没钱人 /（美）海明威著；以笙译. — 北京：现代出版社，2018.6（2023.7重印）
（海明威全集 / 俞凌婷主编）
ISBN 978-7-5143-7126-0

Ⅰ. ①有… Ⅱ. ①海… ②以… Ⅲ. ①长篇小说－美国－现代 Ⅳ. ①I712.45

中国版本图书馆CIP数据核字（2018）第109919号

有钱人和没钱人

著　　者　（美）海明威
译　　者　以　笙
主　　编　俞凌婷
责任编辑　杨学庆
出版发行　现代出版社
地　　址　北京市安定门外安华里504号
邮政编码　100011
电　　话　010-64267325　64245264（传真）
网　　址　www.1980xd.com
电子邮箱　xiandai@cnpitc.com.cn
印　　刷　三河市金元印装有限公司
开　　本　880mm×1230mm　1/32
印　　张　7.5
版　　次　2019年1月第1版　2023年7月第3次印刷
书　　号　ISBN 978-7-5143-7126-0
定　　价　36.00元

序

众所周知，海明威是一个生活经历异常丰富的知名作家，同时也是一个在世界上享誉盛名并且写作风格鲜明的文学大师。海明威复杂的生活经历描绘了他所有作品的故事曲线，也构成了他作品中丰富多彩的主题。

首先，就个人浅见，有必要剖析一下海明威的成长经历。海明威出生于美国芝加哥以西的一个郊区城镇，人口并不密集，因此给了海明威一个平静、安逸的童年生活。幼时的海明威喜欢读图画书和动物漫画，听稀奇百怪的故事，也热衷于缝纫等各种家事。少年时期，他更喜欢打猎、钓鱼，内心充满了对大自然的好奇与敬畏，这一点在他多部作品中都有体现。在初中时，海明威为两个文学报社撰写了文章，这为他日后成为美国文学史上一颗璀璨的明星打下了基础。高中毕业以后，海明威拒绝上大学，他到了在美国媒体具有举足轻重地位的《堪城星报》当了一名记者。虽然他只在《堪城星报》工作了 6 个月，但这 6 个月的时间，使他正式开始了写作生涯，并且在文学功底上受到了良好的训练。1918 年，第一次世界大战爆发，海明威不顾家人反对，毅然辞掉了工作，去战地担任了一名救护车司机。战场上的血流成河，令海明威极为震惊。由于多次目睹了战争的残酷，给海明威的创作生涯提供了丰富的素材和灵感。在他早期的小说《永别了，武器》中，他进行了本色创作，揭示了战争的荒唐和残酷的本质，反映了战争中人与人之间的相互残杀以及战争对人的精神和情感的毁灭。1923 年海明威出版了处女作《三个故事和十首诗》，使他在美国文坛崭露头角。1925年。海明威出版了《在我们的时代里》这一短篇故事系列，显现了他简洁明快的写作风格。继而海明威出版了多部长篇小说和大量的短篇小说，令他成为了美国"迷惘的一代"作家中的代表人物。《老人与海》获得了1953年美国的普利策奖和1954年的诺贝尔文学奖，将海明威推上了世界文坛的至高点，可以说，《老人与海》是他文学道路上的巅峰之作。

其次，海明威的感情生活错综复杂，给海明威的作品增添了大量的情感元素。海明威有过四次婚姻经历，这些经历赋予了海明威不同寻常的爱情观。司各特·菲茨杰拉德曾打趣道："海明威每写一部小说都要换一位太太。"连他自己都没有想到，竟然一语成谶。世人皆知，海明威有四大巅峰之作，分别是《太阳照常升起》《永别了，武器》《丧钟为谁而鸣》和《老人与海》，在时间上，他的确先后娶了四位太太。据考证，1917年海明威和一位护士相爱，但是不久后，这位护士便嫁给了一位富有的公爵后代。海明威对爱情始终抱有完美主义，所以这样的结局令海明威无法接受，甚至愤恨。因此，海明威常常将女人比作妖女，这一点在他的多部作品中有所反映。1921年，海明威与他的第一任妻子哈德莉结婚，但是婚姻观的差异最终使两人分道扬镳。不得不说，哈德莉对海明威的文学创作起到了至关重要的作用。在她的帮助下，海明威学会了法文并结识了著名女作家斯泰因。这段时期，海明威佳作不断，哈德莉却毫无成长，这促使了两人的婚姻关系更加恶劣。1926年海明威出版了《太阳照常升起》，这部小说使他声名大噪，也间接宣告了海明威与哈德莉婚姻关系的破裂。1927年，海明威与第二任妻子宝琳结婚，两人在佛罗里达州和古巴过了几年宁静而美满的婚姻生活。海明威在这几年中完成了他的不朽名作《永别了，武器》。然而，没过几年，海明威对宝琳开始厌倦，他遇见了他的第三任妻子——战地女记者玛莎。最开始，海明威以玛莎为荣，并为她创作了《丧钟为谁而鸣》，令人叹息的是，这对最为相配的夫妻也在1948年结束了婚姻关系。海明威的第四任妻子维尔许是一名战时通讯记者，研究分析政治和经济形势，为三大杂志提供背景资料。婚后，维尔许放弃了自己的工作，专心照顾家庭，但这仍未给两人的婚姻关系带来一个美满结局。1961年，海明威在家中饮弹自尽，享年62岁。

对大自然的喜爱之情和对生命的敬畏丰富了海明威小说五彩斑斓的主题，纷然杂陈的情感生活和不同寻常的生活环境造就了海明威作品中跌宕起伏的故事情节。因此，海明威的每篇长篇小说、短篇小说、新闻及书信都有着鲜明的个人风格。海明威用最简洁明了的词汇，表达着最复杂的内容；用最平实轻松的对话语言，揭示着事物的本来面貌。他的每部小说不冗不赘，造句凝练，丝毫没有矫揉造作之感。即使语言简洁，但是海明威的故事线索依然清晰流畅，人物对话依然意蕴丰富。海明威曾这样形容自己的写作风格："冰山在海里移动之所以显得庄严宏伟，是因为它只有八分之一的部分露出水面。"这无疑是个非常恰当的比喻，十分形象地概括了海明威对自己作品的美学追求。海明威最开始创作了众多短篇小说，使他在文坛新秀中占有一席之地，后来《太阳照常升起》的出版，奠定了他在"迷惘的一代"代表作家中的超然地位。"迷惘的一代"是美国两次世界大战期间涌现的一类作家的总称，他们共同表现出的是对美国社会发展的一种失望和不满。他们之所以迷惘，是因为这一代人的传统价值观念完全不再适合战后的世界，可是他们又找不到新的生活准则。海明威将"迷惘"这一形容词表现得淋漓尽致，他用深刻而典型的对话将第一次世界大战后青年的彷徨与迷惘的心声书写出来。可以说海明威的大量文字都散发着战时与战后美国青年对现实的绝望。海明威不止竭尽所能地发挥着对"迷惘"的认知，同时也表现着海明威内心的"硬汉观"。海明威一向以文坛硬汉著称，他是美利坚民族的精神丰碑，代表着美国民族坚强乐观的精神风范。在《老人与海》中海明威用风暴、鲨鱼等塑造了一个"人可以被消灭，但是不可以被打败"的硬汉形象，同时也反映了海明威英勇、坚定的生活态度。海明威的众多作品中不仅充斥了"迷惘""硬汉"等思想，不可忽视的还有他对自然与死亡的理解。作为一个对生命有着独特理解的文学大家，海明威形成了对死亡的坦荡、豁达的人生态度。《午后之死》就明确指出："所有的故事，要深入到一定程度，都以死为结局，要是谁不把这一点向你说明，他便不是一个讲真实故事的人。"海明威想要表达"死亡是人生的终点，任何人不可逃避"这一观点。《老人与海》中也有海明威对自然生态的想法，海明威利用圣地亚哥、环境、鱼类的关系形象地阐述了：人不能过于追求物质享乐，要尊重自然、节省资源、保护生态环境，才能达到人与自然的和谐。总之，海明威光彩夺目的主题思想和艺术风格都在探究着人类文明进程中对生命的思考。

海明威的创作经历了一个复杂的发展变化过程。在海明威早期的作品中，海明威表达对西方资本主义日趋腐朽的绝望和内心痛恨战争的不满情绪，文字中蕴藏着一种悲观和颓废的色彩。海明威在创作中期才改变了这种思想，开始对西方资本主义和战争的本质有了新的认识，这是海明威心理历程上的一个重大发展。海明威的后期作品依旧延续着早、中期的写作风格和迷惘情绪，但是却比早、中期的作品反映的情绪更加明显。值得一提的是，海明威的创作中也充斥了大量的意识流和含蓄表达，从而使读者在真假变换中感受到人物或强烈、或浪漫的内心世界。

为了方便海明威文风的欣赏者了解海明威，我们特出版海明威全集系列丛书，内包含海明威的多部小说、书信、新闻稿、诗等作品。读者可从中感受到海明威享受心灵的自由却求索不得的无奈，也可感受到海明威对内心对生命最强烈的回响。海明威的作品无论在中心思想层面，还是语言风格都有其独到之处，因此他的作品读来令人回味无穷。对于欣赏者来说，要具备独特的艺术鉴赏力和审美修养才能发掘海明威"海面下的宏伟冰山"，从而产生更多对生命的思考。

目　录

第一部　哈里·摩根（春）

第二部　哈里·摩根（秋）

第三部 | 哈里·摩根（冬）

第一部　哈里·摩根（春）

第一章

假如你在哈瓦那，你知道，一大清早会遇到什么样的情景？那些沉寂在睡梦中的流浪汉们，靠在建筑物的一堵堵墙边，那时就连酒吧的送冰车都还没过去。就在这时候，我们从码头穿过到"旧金山明珠"小餐馆去的广场，去喝咖啡。广场上，有一个要饭的，就着那个喷泉在喝水，百无聊赖的样子。时间还早，当我们走进小餐馆时，里面已经有三个人在等着我们了。

我们刚刚坐了下来，他们当中的一个人走了过来。

"你考虑得怎么样？"他说。

"这事我不干，"我对他说，"我倒是想干，就算给你们帮忙，可是我昨晚跟你说过，我不能这么干。"

"你再自己开个价吧。"他还不死心。

"这不是钱的问题。我真不能干，就是这样了。"

另外两个人也走了过来。他们站在那儿，沉着脸，他们的相貌很漂亮，看起来还是非常舒服的。说实话，我是愿意帮助他们的。

"一千块钱一个。"其中一个人操着一口漂亮的英语说。

"别为难我。"我跟他说，"我跟你们说的是实话，我真不能干。"

"以后，万一情况发生了什么变化，对你来说可是大有好处的。"

"我知道。"我点点头，"我非常支持你们，可是我不能干。"

"为什么不行？"他满脸狐疑。

"那艘船就是我的命，我就靠它吃饭了。要是那艘船丢了的话，那我就活不下去了。"

"这么一笔钱，足够你再买一艘的。"

"在监狱里可买不到船。"

他们肯定认为，只要软磨硬泡，我就会同意，那个人一直继续不停地说着。

"你会拿到三千块钱，这会改变你以后的生活。你知道，情况不会一直那么糟糕的。"

"听着，"我坚定地说，"我不管谁以后当这儿的总统。总之，我是不会带任何会说话的、活的货物到美国去的。"

"你认为，我们会说出去？"他们中那个一直沉默的人，突然愤怒起来。

"我说的是任何会说话的活物。"

"你认为我们是 lenguas largas①？"

"不是。"

"那你知道 lengua larga 是什么意思吗？"

"当然知道，就是嘴巴不严的人。"

"你知道我们会怎么对付他们吗？"

"别冲我嚷嚷！"我说，"是你们求我。我又没向你们保证过什么。"

"闭嘴，潘乔！"刚才那个说话的人对发火的人说。

"他说咱们嘴巴不严，会说出去。"潘乔说。

"听着，"我说，"我说过，我不会带任何会说话的活的货物。装在麻袋里的烈酒不会说话，细脖子的大酒瓶不会说话，很多货物都不会说话，但人会说话。"②

---

① lenguas largas：西班牙语，意为"嘴巴不严的人。"

② 美国历史上的禁酒时期从 1920 年开始。美国的冒险者们除了在国内酿造烈酒外，还从国外走私进口烈酒。用麻袋装运烈酒其实是走私者的一种掩入耳目的手段。

"你的意思是说，中国人会说话吗?"潘乔带着恶狠狠的神情说。

"他们会说，但我听不懂他们的话。"我对着他说。

"这么说，你真的不愿意干?"

"是的，我说过很多遍了，我不能。"

"慢着，你不会说出去吧?"潘乔说。

看来他是误会我了，所以才会生气，估计他还很失望。不过，我已经不想搭理他了。

"你不是个 lengua larga，对吧?"他又问，表情依然是恶狠狠的。

"我当然不是了。"

"这是什么意思? 你在威胁我?"

"仔细听好了，"我跟他说，"大清早的，不要这么大的火气。我能肯定，你割断过许多人的脖子。可你总得让我喝口咖啡吧。"

"这么说，你能确定我割断过别人的脖子?"

"不，"我说，"再说，我一点也不在乎。你与别人打交道时就不能和善点吗?"

"我现在的火正在往外冒，"他说，"我恨不得立刻就宰了你。"

"嘿，真该死，"我跟他说，"别这么冲动。"

"别这样，潘乔。"第一个说话的人说，然后他转向我，"我非常遗憾，我很希望你会让我们坐你的船。"

"我也感到很遗憾，可是我真的不能这样做。"

我看着他们三个人向门口走过去。他们都是相貌俊朗的年轻人，衣着讲究; 他们都没有戴帽子，从外表看上去好像都很有钱。无论在什么情况下，他们总是在谈钱，而且他们说的是富有的古巴人说的英语。

他们中的两个人看起来像兄弟俩; 另一个潘乔，长得比他们稍微高一些，可是一脸孩子气，看起来像个孩子。你可以想象，修长的个头，讲究的衣着，闪着光泽的漂亮头发。我觉得，他并不像他说的那样让人讨厌。但我仍然认为，他很神经质。

当他们向右拐出门口时，我看到一辆小客车穿过广场，突然向他们冲过来。首先是一块玻璃没有了，接着是那颗子弹飞向了右边墙上的陈列柜，那里面摆着一排酒。我的耳朵周围都是枪声，不停地响着，"砰! 砰! 砰!"顺着墙的一瓶瓶酒被打碎了，地上一片狼藉。

我躲到了酒吧左边的柜子后面，从旁边望出去，可以看清发生的事情。那辆小客车停下来了，两个家伙蹲在车旁。一个是擎着一支汤姆生式冲锋枪的黑人；另外一个手里端着一支锯短了枪管的自动猎枪，穿着看起来像是驾驶员穿的白风衣。

一个小伙子脸朝下趴在人行道上，就在那块被打烂了的大橱窗玻璃旁边，再过去是一辆热带牌啤酒运冰大车停在隔壁丘纳德酒吧间前，另外两个人就躲在那后面。那儿还停着两辆马车，一匹拉车的马套着挽具，倒下了，四蹄乱蹬；另一匹马在拼命地把它的脑袋挣开挽具。

其中一个小伙子拿枪从大车的后角开枪，子弹呼啸着穿过人行道飞出去。拿着汤姆生式冲锋枪的黑人，把他的脸几乎贴到地面上，从下面向大车背后砰砰地连续开火。果然，有个人向人行道旁倒了下去，脑袋搁在人行道的镶边石上面。他在那儿双手捧着脑袋翻滚。那个黑人正在换新弹盘，驾驶员继续用猎枪朝那个受伤的小伙子开枪，可是他射击的技术太差了，都白费了。那些大号铅弹的痕迹遍布人行道，像银色的水珠。

另一个人急忙拉着那个被打中的人的两条腿，把他拖到了大车后面去。我看见那个黑人的眼神一直没有离开过路面，又连续射击。我又看到潘乔从大车的后角走出来，用那匹站着的马作掩护。他从马后面走出来，脸色惨白，双手握枪，稳定枪身，用他那把卢格尔牌手枪①结果了那个驾驶员。他又开了两枪，子弹都从那个黑人的脑袋擦着呼啸而过。他又开一枪，可是这枪打低了。

不过，他打中了那辆小客车的一个轮胎，我看到街上扬起一片灰尘，那是因为轮胎跑气。接着十英尺外，那个黑人汤姆生式冲锋枪打中了潘乔的肚子。那一定是他的最后一发子弹，因为射击后他便扔掉了那把枪。老伙计潘乔"砰"的一声坐下，身子向前倒去。他手里仍然攥着那把卢格尔牌手枪，试图站起来，但是他的头却抬不起来。说时迟那时快，那个黑人拿起靠在驾驶员身旁的猎枪，扣动扳机，把潘乔的半边脑袋打掉了。真是好样的，黑人兄弟。

我看到旁边有一瓶开了瓶塞的酒，就拿起酒瓶，很快灌了一口，我甚至没有告诉你那是什么酒。刚才发生的一切让我觉得难受极了。我赶紧顺着酒吧柜台，穿过后面的厨房，溜了出去。我一路沿着广场的外围走，一遍又一遍，甚至没有看一眼正在朝那家餐馆聚集过来的人群，然后穿过码头大门，登上了船。

有个人在船上等着，就是那个租船的人。我告诉了他刚才发生的事情。

"埃迪呢？他在哪儿？"那个人叫约翰逊，他问我，他想租我们的船。

"枪战开始后，我就没有看见他的踪影。"

"他是不是中枪了？"

"别胡说，没有。我可以肯定地告诉你，射进那家馆子的子

①　卢格尔牌手枪：德国工程师卢格尔（George Luger）于19世纪制造的一种手枪。

弹只打中了那个倒霉的陈列柜。那辆汽车从他们身后开过来的时候，这事就发生了。那时候他们正在橱窗前面打死第一个人。他们的角度是这样子的——"

"看来你对事情的经过是一清二楚啊！"他说。

"当然，这都是我亲眼所见的。"我对他说。

接着，我抬起头来，看到埃迪沿着码头边走来，他看起来比任何时候都更高、更邋遢。他的关节看起来很不对劲儿，走路的时候，一扭一扭的。

"他来了。"

埃迪的脸色难看极了。通常他在大清早的时候，他的脸色肯定是不会太好，可是现在他的脸色比任何时候都糟。

"你刚才去哪儿了？"我问他。

"蹲在地板那儿。"

"你看到那件事了吗？"约翰逊问他。

"别提了，约翰逊先生，"埃迪对他说，"现在回想起来那件事，都觉得恶心。"

"来喝一杯吧，兴许会好点。"约翰逊跟他说。然后他转向我说："咱们今天出海吗？"

"你决定吧。"

"今天的天气如何？"

"跟昨天差不了多少，或许还要好一些。"

"那咱们出海吧。"

"好，等鱼饵一来，就出发。"

我们三个星期之前，把这家伙送出海了，他现在湾流①里钓

---

① 湾流：指墨西哥湾暖流，向东穿越美国佛罗里达州南端和古巴之间的佛罗里达海峡。暖流的温度比两旁的海水平均高十摄氏度至二十摄氏度，暖流所达之处最宽达五十英里，呈深蓝色，景色迷人，很多鱼类在此群集。

鱼；在我们算总账之前，他只付过一百块，是用来付给领事和结关的，还买了一点粮食和汽油；除此以外，我没有看见过他一个子儿。他一天付给我三十五块租金，我要提供一切钓具。他住在一家旅馆里，每天早晨上船出海。这笔买卖是埃迪给介绍的，所以我不得不每天给他四块钱雇他做助手。

"我需要给船加汽油。"我跟约翰逊说。

"那就加啊！"

"我需要一些加油费。"

"多少？"

"二十八分一加仑，这样我最少要加四十加仑，一共要十一块两毛。"

他拿出十五块，甩给我。

"其余的钱你要不要来点啤酒和冰块？"我问他。

"那样最好了，"他说，"算算我该给你多少钱。"

我一直在想，我让他拖账近三个星期了，时间是挺久的了，可是他如果付得起钱的话，也无所谓。他本来应该每个星期付一次钱，但我却让顾客赊了一个月的账，然后才收钱，这的确是我的过错。我一开始还挺喜欢赊账的。不过到了最后几天，他使我心里有点不踏实，可我什么也不敢说，因为我害怕会惹怒他。话说回来，他如果付得起钱的话，他租船的时间越长，不是越好嘛！

"来一瓶？"他打开冰箱拿出啤酒，问我。

"不了，谢谢！"

与此同时，我们差去买鱼饵的那个黑人回来了，我叫埃迪去解缆绳。

当那个黑人拎着鱼饵一上船，我们就解开缆绳开船了，向海港外出发。

那个黑人在给两条马鲛鱼上装鱼钩。他先把钓钩穿过鱼嘴，再从鱼鳃里拉出来，又穿过一个侧面，然后把钓钩从另一个侧面拉出来，最后把鱼嘴扣住系在接钩绳上，把钓钩系得牢牢的，这样就不会滑落。钓鱼的时候鱼饵会随着平稳地移动，而钓索不会旋转。

这家伙是个真正的黑人，手脚敏捷，神情阴郁，一串伏都教①的蓝念珠环在他衬衣领下面的脖子上，头上是一顶旧草帽。他在船上喜欢干的事情就是睡觉和读报。可是他却装得一手好鱼饵，手脚麻利得很。"你不会像这样装鱼饵啊，船长？"约翰逊问我。

"会，先生。"

"你干吗还带个拖油瓶黑人在这里干活呢？"

"大鱼纷纷聚集的时候，你就明白了。"我告诉他。

"你这是什么意思？"

"这个黑人的身手比我敏捷多了。"

"埃迪不能干这活吗？"

"干不了，先生。"

"我觉得这完全是一笔没有必要的支出。"他每天要付给那个黑人一块钱，可是黑人兄弟却每夜去跳伦巴舞。我看得出他现在已经睡意蒙眬了。

"没他不行的。"我说。

就在这时，我们已经开过了那些停泊在卡巴尼亚斯②前面装着活鱼舱的帆船和运鱼汽车，接着又超过了停在莫罗古堡③前石滩旁的小鱼船，那是专捕高鳍笛鲷鱼的。我的船一路劈波斩浪地

---

① 伏都教（voodoo）：一种起源于西非的会行施巫术的原始宗教，大多是黑人信奉的，他们崇拜蛇。这种宗教现在还在海地、加勒比海和美国的黑人中间流行。

② 卡巴尼亚斯（Cabanas）：哈瓦那西南部的海港，位于古巴比那尔德里奥省内。

③ 莫罗古堡（Morro Castle）：建于16世纪，位于哈瓦那湾入口处的古堡。

向前行驶，那儿的海湾远远望去呈现出一条黑乎乎的线。这会儿埃迪放出了两个诱饵引鱼围拢；我们的黑人朋友已经马不停蹄地在另外三根鱼竿上装了鱼饵。

湾流几乎向近岸水域逼近，我们向着湾流边缘开去的时候，你几乎可以看到它变成了紫色，旋转着一个个均匀的漩涡。这时刮起了柔和的东风，许多鱼被我们惊得飞出了海面。那些鱼黑色的胸鳍大开着，似乎在空中展翅滑翔，看上好像是张林德伯格①飞越大西洋的旧相片。

在这里大鱼越出海面是最好的兆头。当你放眼望去时，那种颜色暗淡的黄色果囊马尾藻一小片、一小片暗暗涌动着，这表明我们已经深入主湾流内；前面有一群海鸟在狠狠地抓一群小金枪鱼。我们所看到的那些鱼都是每条两三磅的小鱼，它们还在努力地蹦跶着。

"只要你想，什么时候放出钓竿都行。"我告诉约翰逊。

他系上了安全带和螺旋轮的控制带，那根有哈代钓索螺旋轮和六百码三十六号钓索的大钓竿会被甩出去。我回头望去，看见他的鱼饵正好端端的漂在水面上，随着微微起伏的海水上上下下，两个诱饵时而潜下去，时而露出来。我们的船行驶得恰到好处，我把船一直开在湾流里。

"把鱼竿柄插在座位上的袋子里，让它保持不动。"我跟他说，"那样做，鱼竿就不会太沉。螺旋轮的制动器要保持松开，这样一旦鱼上钩，你就可以轻松地拖着钓索。否则要是有大鱼上钩，制动器没有松开，鱼用劲儿猛拉，足可以把你拉下海去。"

我每天不厌其烦地跟他讲同样的话，我是不怕烦。这个世界幸运的事情不多，假设你认识的五十个人中有一个懂得怎样

---

① 林德伯格（Charles Augustus Lindbereh. 1902—1974）：美国飞行员，1927 年个人飞越大西洋，途中不着陆。

钓鱼，那你就算幸运了。可你也别指望着他们学会钓鱼之后能变得聪明一点，有些人却偏偏要用不结实的钓索去钓任何大家伙。

"你觉得天气如何？"他问我。

"没有比这天气更好的了。"我跟他说。没错，的确是个好天气。

我把舵轮转给那个黑人掌控，嘱咐他一直顺着湾流向东开去，接着回到约翰逊坐着的地方。他正盯着自己的鱼饵，那鱼饵正在水中剧烈跳动。

"要不，我多放一根鱼竿下去？"我问他。

"我想不必了。"他说，"我要亲自动手，等着鱼上钩，跟它搏斗，最后再把它拉上船。"

"好！"我说，"不过我建议，你要埃迪把钓竿放进海里去，如果鱼上钩了，让他把鱼竿递给你，你还是可以大显身手的。"

"不！"他说，"我宁可只放一根钓竿。"

"行。"

那个黑人依然尽职尽责地把船向外开。我望过去，顺着他的目光看到稍微靠近上游的地方，突然出现了一大群飞鱼。我转向后看，我眼前是正沉浸在阳光中的哈瓦那，景致如此优美，还有一艘船正驶经莫罗古堡，在出港。

"约翰逊先生，我觉得你今天会有机会跟鱼斗上一斗的。"我跟他说。

"万事俱备，只欠东风。"他说，"咱们出来多少天了？"

"到今天已经整整三个星期了。"

"钓鱼可真是锻炼人的耐心。"

"鱼就是这么让人摸不着头脑，"我跟他说，"要么一条也看不见，要么满眼都是。可是鱼总会来的。如果现在没有鱼，那压根儿不会有鱼了。月亮①也对头。再看看这一带的湾流，明显是帮助我们的，等一下还会有好风来。"

"咱们刚到的时候，倒是看到一些小鱼。"

"是啊！"我说，"就像我以前告诉过你的，在大鱼到来前，小鱼会越来越少，最后全部消失不见。"

"你们娱乐船的船长们都说的是老一套规则。不是来早了，就是来迟了；不是说风向不对，就是怪月亮不对。最后不管怎样，你们反正钱照拿。"

"嘿，"我跟他说，"糟就糟在通常情况下的确不是太早就是太迟，而多数时候风向确实是不对头。好不容易终于让你遇上万事皆备的好天气，可东风却待在岸上，你偏偏没有出海。"

"但是你认为今天的日子不错？"

"对！"我回答他，"我今天的经历已经够刺激的了。但是我还愿意打赌，你将会尝到真正刺激的滋味。"

"希望如此。"

我们安静坐下，定下心来准备拖钓。埃迪走过来躺了下去。我一直站立着，留意着海里出现什么迹象。每隔一小会儿，那个黑人就会打个瞌睡。我敢断定，他一定连着跳了几宿的舞。

"你不介意帮我拿一瓶啤酒吧，船长？"约翰逊问我。

"当然可以，先生。"我说着伸手到冰块中去，帮他拿出一瓶冰啤酒。

"你要不要来一瓶？"他问。

"不了，先生，"我说，"我夜里再喝。"

我打开了瓶盖，把啤酒给他递过去。这时候，我看到一个棕色的大家伙，它的上鳄像一支比胳膊还要长的矛，脑袋和肩部突

---

① 潮水涨落的大小同月亮的圆缺有关。

— 13 —

然劈开水面，向一条马鲛鱼扑去。这大家伙看上去几乎有一段刚锯下来的原木那么大。

"放松钓索！"我大声喊道。

"它还没有上钩呢！"约翰逊说。

"这样的话，那先别放。"

显然，它是从深海处游上来的，但是没有咬到鱼饵。我估计它会拐个弯，再向鱼饵冲过来。

"时刻准备着，等它一咬住鱼饵，就放松钓索。"

接着，我看到它从后边的水下游出来。如果你站在我旁边，可以清楚地看见它的鳍张开着，像紫色翅膀那么宽大，棕色的鱼身上配着一条条紫色的条纹，十分好看。它如同一艘潜水艇似的冲过来，背鳍露出来了，如同一把倒立的尖刀，缓缓地剖开水面。然后，它一下子游到了鱼饵后面，这时，它的矛状的上颌也显现出来，完全露出水面，在阳光下微微摇动。

"让它把鱼饵吞进嘴去。"我说。约翰逊的手从绕索轮上挪开，轮子开始发出吱吱的响声。这是一条马林鱼①，只见它身子一扭，沉下水去。它胡乱地扭着身子，快速向海岸游去的时候，我可以看见它整个长长的身体，泛着银光，闪闪发亮。

"稍微扭紧一点制动器，"我说，"别扭得太多。"

他在制动器上扭了一下。

"别扭得太多。"我说。然后我看到钓索斜着向上，"扭紧制动器，使劲儿抓住，用力拉它。"我喊着，"你要用力拉呀！不管怎样，它肯定会乱跳的。"

约翰逊扭动制动器，使螺旋轮的速度放慢了，接着他又把手放到钓竿上。

---

① 马林鱼（marlin）：又名枪鱼、青枪色、箭鱼等。

"使劲儿拉!"我跟他说,"看见了吗?把钓钩深深地扎进它的身体里去,再拉上六七回。"

他照我的话做了,又狠狠地拉上两三回。鱼竿弯得好像马上就要断掉,钓索螺旋轮也开始有些支撑不住了,吱吱地抗议起来。接着,只听见"砰"的一声巨响,那条马林鱼跃出了水面,在阳光下银光闪闪,溅起了好大的水花。看上去,仿佛一匹马从悬崖上摔下来似的。

"打开制动器,放出钓索。"我告诉他。

"让它逃跑了!"约翰逊有些丧气地说。

"该死的,它根本跑不了。"我冲他说,"快放松制动器!"

我看见钓索慢慢变得弯了,那条鱼在船尾旁又一次跃出水面,接着向海底游去。过了一会儿,它又露出水面,它把海水搅成了白色。我可以看到,鱼钩钩住它的嘴巴。它身上的条纹清晰可辨。这是一条好鱼,银色的鱼身亮闪闪的,其间充斥着一条条紫色条纹,整个鱼身庞大异常。

"它要跑了。"约翰逊又说了一句,钓索松了。

"快收钓索。"我说,"它被牢牢地钩住了?加大马力,让船全速前进!"我向那个黑人大声喊道。

接着,它露出水面一回、两回,僵硬的身体像一根柱子。它直挺挺地跃出,再直挺挺地落回水里,每次都把海水溅得很高,钓索也被绷紧了。我看到它又掉转了身子,向海岸方向游去。

"嘿,它要拼尽全力游了。"我说,"它要是确实被钩住了,我就一定能逮到它。你别把制动器放的钓索拉得太紧,钓索有的是。"

像所有大鱼一样,那条该死的马林鱼也向西北游去。听我说,老兄,它的确没脱钩。它开始用一个长长的动作,从容不迫地高高跃起,每一次落水都像在海中行驶的快艇那样,溅起漂亮的水花。我们紧紧尾随在它的后面，在每次拐弯时，我试图把它拦在船侧后部。我在控制着舵轮的同时，向约翰逊大声地呼叫，告诫他别用制动器把钓索拉得太紧，又吩咐他用螺旋轮马不停蹄地放出钓索。突然，我看到他的钓竿猛地一抖，钓索松了。你大概能明白这种情况，因为钓索突起部分形成的拉力，钓索看上去并没有显得松弛，反正我是知道的。

"它真的逃走了。"我说。那条鱼像在示威似的，仍然在不断地跳，直到跳出我们的视线。对于鱼类而言，它的确是好样的。

"可是，我仍然能感受到它的拉力。"约翰逊说。

"那是钓索的重量。"

"我几乎转不动旋转轮，钓索也收不上来了。也许它的尸体仍然连着钓索。"

"瞧，"我说，"它还在跳呢。"在半英里外，它还在跳，四周还溅起大大的水花。

我摸了摸那个制动器。他把制动器扭得非常紧，你压根儿不可能拉出一点，吊索几乎快要被拉断了。

"我不是跟你说嘛，不要把钓索拉得太紧。"

"可是那个大家伙不断拉扯着吊索。"约翰逊嘀咕了一句。

"那又怎样？"我压抑着怒火。

"所以我只能把制动器扭紧了。"

"听我说，"我跟他说，"大鱼像今天这样，上钩以后，你要是不给它们放松钓索，它们就会把钓索拉断，能把这种大鱼拉住的钓索还没造出来呢。所以它们需要钓索的时候，你就一定得放给它们。这时候，你必须保持制动器松动的状态。那些以鱼为生的打鱼人，即便用系着鱼叉的钓索，也很难将它们制伏。因此咱们应该做的就是，开船跟着它们。它们肯定会拼命游，游的时候，钓索就不用承受它们的全部力量了。等它们游到筋疲力尽，潜下水的时候，只要你能抓住这个时机，扭紧制动器，就可以把钓索收回来了。"

"照你这么说，如果钓索不断的话，我是可以逮住它的？"

"当然，你有过机会。"

"它不可能总这样跳来跳去的，对吗？"

"是的，它还可能干很多其他的事情。我们要做的就是等到它筋疲力尽，然后才开始与之搏杀。"

"好吧，咱们用这个方法来逮一条。"他说。

"你现在必须先用螺旋轮把钓索收回来。"我跟他说。

我们钓到了那条鱼，又失去了它，整个过程中动静那么大埃迪都没有醒。倒是这会儿，他回到船尾来了。

"发生了什么事吗？"他问我。

埃迪在变成酒鬼之前，也曾是船上数一数二的好手，不过现在的他完全不行了。我瞧着他，他就站在那儿，高高的个子，腮帮子凹进去，嘴唇耷拉着，白白的眼屎还粘在眼角上，他的头发在阳光中被烤得颜色干枯。我知道，他是因为酒瘾发作了，所以能从沉睡中醒来。

"你最好喝瓶啤酒。"我对他说。他毫不客气地从箱子里取出一瓶啤酒，喝了起来。

"嗨，约翰逊先生，"他说，"我想，我还是继续打盹儿吧，很感谢你的啤酒，先生。"真是够可以的，那条鱼的逃脱丝毫没有影响他打盹儿的心情。

差不多到了中午，我们钓到了另一条鱼，可惜它逃走了。钓钩被它甩掉的时候，它一跃而起飞到了离水面起码三十英尺高的空中。

"那么，这回我又哪里错了？"约翰逊问。

"哪步都没有错。"我说，"问题是它甩掉了钓钩。"

"约翰逊先生，"埃迪说，这时，他又醒过来，手上还拿起了一罐啤酒，"约翰逊先生，你跟钓鱼没有缘分。嘿，也许你跟女人打交道的运气比较好。约翰逊先生，今晚我和你出去逛逛如何？"

说完，他又回去躺下了。

大约到了4点钟的时候，我们的船逆湾流而行，回到了接近岸边的地方。水流很急，像磨坊水车转出的水似的，哗哗地流着。午后的阳光洒在我们背上。这时，我看到了有生以来见过的最大的一条黑马林鱼咬住了约翰逊的鱼饵。之前我们放过一个鱿鱼形状的鱼饵①，钓到了四条小金枪鱼，那个黑人把其中一条金枪鱼穿在鱼钩上当诱饵。咬住鱼饵的那条大鱼沉得很，用力拖着，可以在船尾溅起的水波中扬出一个大浪花。

约翰逊把钓索螺旋轮上的控制带解开了，钓竿就这样被他横在两个膝盖之间。因为同样的姿势他保持了很久，两条胳膊累坏了。加之双手抓着钓索螺旋轮的线轮轴，对付那个大鱼饵的拉力，两只手也酸了；趁我不注意的时候，他扭紧了制动器，但我一直没发现。我不喜欢他那样拿钓竿的方式，也讨厌自己没完没了地数落他。话又说回来，制动器只要没有关紧，钓索就会继续被放出去，那就不会有什么危险。不过，这不是真正钓鱼的方式。

我掌管着舵轮，船行驶在老水泥厂对面的湾流边上；那儿，湾流的水一直挨到岸上边，所以水很深，形成了一片类似漩涡的水域。那里总是聚集着许多鱼，这些鱼又会把别的鱼引来。后来，我看见了一个大水花像深水炸弹爆炸时溅起的那种，然后就看见了一条黑马林鱼箭状的上颚，紧接着是它的眼、大开的下颚

---

① 鱿鱼形状的角饵（fetuher squid）：一种由人工制造的、形状像鱿鱼的鱼饵，打鱼的人大多用它来钓金枪鱼。

和紫黑色的大头。它的整片背鳍高高的耸出水面，看上去好像装备齐全的全帆帆船那么高。它向那条被当成咸鱼饵的金枪鱼恶狠狠地冲过来时，它的整条尾巴像长柄大镰刀似的露出水面。顺着它的身体往前看，它的箭形上鳄和棒球棒差不多大，往上斜着。它咬向鱼饵时，把海面劈开了一大片。我们已经可以看见它浑身的紫黑色，那眼睛如同一个大大的汤盆，是个真正的庞然大物。我可以肯定地说，它绝对在一千磅以上。

我想要对约翰逊大叫，提醒他放钓索，但是我还没来得及说话，只见约翰逊就从座位上一下子飞到空中，就像被转臂的起重机吊起来似的。他刚抓回钓竿，钓竿已经弯得犹如一张弓，然后他的肚子被钓竿打到了，紧接着整个设备也都被扯到海里去了。

如果不是刚才他把制动器扭紧了，那条鱼也不会在咬住鱼饵的时候，把他从座位上一下子拉了起来。他根本就抵挡不住这大鱼的拉力，他用一条大腿压住钓竿柄，把钓竿横放在怀里。要是他把控制带系着螺旋轮，那么他也一定会被一起拽走。

我关掉发动机，来到船尾。他瘫在那儿，两只手捂在刚刚被钓竿柄抽过的肚子上。

"我想，今天就到此为止吧。"我说。

"刚刚那条是什么鱼?"他问我。

"黑马林鱼。"我回答。

"这一切是怎么发生的?"

"你可以算得出，"我说，"这钓索螺旋轮是花两百五十块钱买的，现在更贵了。钓竿我花了四十五块，还有差不多六百码的三十六号钓索。"

就在这个时候，埃迪拍拍他的后背说："约翰逊先生，你今天的运气真的很差。你要知道，这种事情，我这辈子都没碰

— 19 —

到过。"

"闭嘴，你这个只会喝酒的倒霉鬼。"我跟他说。

"我跟你说，约翰逊先生，"埃迪说，"这是我这一辈子看到过的最稀罕的事了。"

"要是我下次再钓住了这么一条鱼，我该怎么做呢?"约翰逊问。

"你不是说过要单枪匹马地斗吗? 那就得看你的本事了。"我跟他说，我恼火极了。

"那条鱼真的是太大了。"约翰逊说，"唉! 这简直是在折磨人。"

"听我说，一条那样的鱼足可以要了你的命。"

"也有人逮住过它们。"

"知道怎么做的人可以逮住它们，可是不要以为他们不会受到折磨。"

"我看到过一张一个小姑娘逮一条鱼的相片。"

"对头，可那是静态钓鱼①。一般鱼把鱼饵吞下，人们拉出来它的胃里，它会跟着浮出水面，死掉了。我的意思是说，鱼把钓钩吞下以后，就拖着钓。"

"行了，"约翰逊说，"这种鱼太大了。如果钓它们那么平淡无奇的话，那还钓来干吗呢?"

"说得对，约翰逊先生。"埃迪说，"如果钓鱼不能带给人们乐趣，那还干吗要钓鱼呢? 听着，约翰逊先生，这话真是说得正合我意。如果钓鱼不能带给人们乐趣，那还干吗要钓鱼呢?"

从看到那条鱼开始，我的心情就一直非常紧张，现在还为那些被扯下水的设备哀悼着。我没办法冷静下来听他们说话。我交

---

① 静态钓鱼（still fishing）：抛锚停下船钓鱼，或是静静地在水中放置钓索和鱼饵钓鱼。

代那个黑人把船开往莫罗古堡的方向。我一言不发地坐着，他俩也一句话都不说。埃迪手里拿着一瓶啤酒坐在一个座位上，约翰逊也拿着啤酒。

"船长，"过了一会儿，约翰逊对我说，"你能给我调一杯加冰的威士忌苏打吗？"

我依然一言不发，调了一杯给他，然后，我给自己倒了一杯纯威士忌。我心想：约翰逊这个家伙钓了十五天①鱼，最后他钓到了一条每个打鱼人都情愿花上一年时间拼命去弄到手的鱼，却让它逃掉了！我用来钓大鱼的装备也还被他弄丢了。那么蠢的事他都干得出来，丢脸都丢到家了！可是他现在却心满意足地坐在那儿，跟一个倒霉酒鬼在一起喝酒！

当我们返回码头时，那个黑人已经在那儿站着等了。

我问道："你明天打算干什么？"

"我不想去了。"约翰逊说，"我对这种钓鱼方式没什么兴趣。"

"那你得和那个黑人算好账，不用他再来了，对吗？"

"我应该付他多少钱？"

"一美元。"我说："你还可以给他一点小费，如果你愿意。"

约翰逊听完后，给了那个黑人一美元，还有两个两毛的古巴硬币。

"这是什么意思？"那个黑人问我，给我看那两个硬币。

"小费，"我用西班牙语跟他说，"你的买卖已经结束了。这钱是他给你的小费。"

"明天不用来了？"

"是的，不用了。"

那个黑人戴上草帽，拿走了他用来绑鱼饵的麻绳球和他的太

---

① 前文说"三个星期"，这里说"十五天"，但原文如此。

— 21 —

阳眼镜，连声"再见"也没说，潇洒地走了。敢情他压根儿就没把我们这些人放在眼里，好个黑小伙！

"约翰逊先生，你跟我的账打算什么时候结？"我问他。

"我明早去趟银行，"约翰逊说，"下午，咱们就能两清了。"

"你知道一共是多少天吗？"

"十五天。"

"不止，加上今天，一共是十六天。出去和回来各算一天，都得加上，一共十八天。出了今天的事，你还得付钓竿、钓索螺旋轮和钓索的钱。"

"你要承担丢掉设备的风险。"

"错了，先生。你也看到了，在那样的情况下丢掉的，由我来负担太不合适了。"

"我每天付的钱是租用这些设备的，风险应该由你承担。"

"不，先生，"我说，"要是设备是被一条鱼弄坏的，不是你的过错，那就是另一回事了。但这是由于你的不小心，这些设备才被弄丢的。"

"可是设备是那条鱼把它们从我手里拽走的。"

"那是因为你把制动器扭紧了，钓竿也没有插在袋子里。"

"你没有理由从我这里拿走这笔钱。"

"假设你租了一辆小车，它被你开下了悬崖，难道你不觉得你得赔钱吗？"

"我要是在车里，就需要赔了？"约翰逊说。

"说得太对了，约翰逊先生。"埃迪说，"你听得很明白了吧，船长？假设他在车里，就没有命了，所以他就不用赔了啊！这话说得真妙。"

我完全不理会那个酒鬼。"你该付的钓竿、钓索螺旋轮和钓索共两百九十五块。"我跟约翰逊说。

"这不公道。"他说，"不过，你要是非要这么做的话，可不可以打个折扣。"

"现在没有三百六十元，我都无法置办齐新的设备，我都没有要你赔钓索。一条像这样的鱼简直可以把全部的钓索都毁了；这当然不是你的过错，要是这里只有一个酒鬼，没有其他人，就会有人告诉你，你该怎么做了。我这样，对你已经很公道了。我明白，这也许是一笔巨款，可是当初我买这些设备的时候，也花了一大笔钱呀。如果你买到的设备不是最好的，像这样钓鱼你想都别想。"

"约翰逊先生，他说我是个只知道喝酒的酒鬼，也许我是的。可是我告诉你，他没有乱说，这是实情，他做得也完全合理。"埃迪说。

"我不在这件事上跟你纠缠了。"约翰逊最后说，"该付的钱我会付的，就算我始终想不明白。就这样，十八天，每天三十五块，还有这两百九十五块。"

"你付过定金一百块给我。"我跟他说，"我会给你写一张付好钱的单子，我还会扣掉没用到的食物的钱。来回需要的食物是你买的。"

"这真的很合理。"约翰逊说。

"听着，约翰逊先生，"埃迪说，"如果你知道其他人是怎么跟一个外国人收账的话，你就会知道，这不只是合乎情理了。你想知道是为什么吗？这就是特殊照顾。咱们船长对你好得跟待他亲妈一样。"

"我明早去趟银行，下午回到这儿。然后，我还得赶后天的班船。"

"你可以跟我们一起回去，这样就不用花那冤枉钱买船票了。"

"不用了。"他说，"我还是乘班船，我要赶时间呢。"

"行。"我说，"我们现在去喝一杯，怎么样？"

"好啊！"约翰逊说，"现在你不生气了吧？"

"不生气了，先生。"然后我们仨到船尾那儿坐着，举起加冰的威士忌苏打干杯。

第二天，我整个早上都在船上忙活，换掉了船底的油，和其他一些杂七杂八的事情。午饭时间，我没有到闹市去，而是凑合在一个中国人开的小餐馆吃了一顿。在那里，只要用四毛钱，他们就可以让你大快朵颐。然后，我去买了些东西，带回家给我的妻子和三个女儿。都是些琐碎的东西，你了解的，香水、几把扇子，外加三把高梳子。我把一切事情都办好后，顺便走进了诺万酒馆，点了一杯啤酒，跟一个老头闲聊了会儿，再返回旧金山码头。一路上我在三四家酒馆停下来喝啤酒，在丘纳德酒吧那儿我请了弗兰基两三杯酒，当我回到船上时，感觉心情非常不错。我回到船上的时候，身上只剩下四张毛票了。弗兰基和我一起上了船，等约翰逊时，我们又一起干掉了几瓶从冰箱里拿出来的冰镇啤酒。

埃迪一整夜，或者说一整天都没有露面，可是我知道，只要没有人给他赊账，他早晚会出现的。多诺万曾告诉我，有一晚他跟约翰逊在某个地方待了一下，打着埃迪的名号赊账。我们等着等着，我开始怀疑约翰逊会不会来了。我叫码头上的人转告他，让他到船上去等我，可是码头上的人说，他没来过。即使是这样，我还是猜想他昨天在外面逛得太晚，所以才会起晚，银行会开到 3 点半。我们数着飞机感受着时间的流逝，5 点半的时候，我再也没有好心情了，变得非常担心了。

6 点钟，我吩咐弗兰基去旅馆，看看约翰逊是不是还在那儿。我仍然认为，他大概只是出去一会儿，要不，就是心情不好，还在旅馆里的床上赖着。我耐着性子继续等着，从天亮等到天黑。我的内心非常担忧，因为他还欠着我八百二十五块钱呢！

弗兰基去了半个多钟头。

我再次看到他时，他脚步飞快，摇晃着脑袋。

"他搭飞机走了。"他说。

哈！原来如此。领事馆已经下班了，我的身上只剩四张毛票，无论如何，现在飞机已经在迈阿密①的机场了。我甚至连打个电报的钱都没有。真是个好样的，约翰逊先生！是的，这全部都是我的错。我早该料想到。

"也罢，"我跟弗兰基说，"咱们还是再来一瓶冰啤酒，这些酒还是约翰逊先生花钱买的。"整整三瓶热带牌啤酒！

弗兰基也跟我的心情一样糟糕。我也不清楚他的心情为什么不好，可他的心情看起来确实是挺糟。他一边不停地摇着脑袋，一边连续不断地拍我的后背。

哈，事情就是这样。我一分钱也没拿着。租船的五百三十元我得不到了。那些设备，没有三百五十块我也换不了。我估计那帮在码头上晃来晃去的人中，一定有人会因此而心情很好吧！不用想，这会儿有些本地佬②肯定更快活呢。前一天，有人痛快地拿出三千块，要我送三个外国人到佛罗里达群岛上，或者别的什么地方，去哪儿都行，只要离开这个国家就行。我竟然拒绝了！

行了，现在我该干些什么呢？我没有办法用船带一批货，我已经没有钱去买烈酒了。退一步说，贩私酒也挣不了几个钱。城里到处都是卖酒的，却没有人买。可是，无论如何我也不能这样身无分文地回家去，然后待在那个小地方，整个夏天都有

---

① 迈阿密（Miami）：美国港市，位于佛罗里达州东南部。

② 本地佬（conch）：英语字画作"海螺"解。此处为俚语，意为"这一带居民"，准确地说，是指生活在美国佛罗里达州沿海南部各珊瑚岛上的居民。其中最南端的岛名叫基韦斯特岛，哈里·摩根就住在那儿。传说这一带海域盛产海螺，因此岛上居民有"海螺"的外号。

上顿没下顿地过着。再说，我还要养活一家子人呢！我们在入境时，关费倒是付清了。按照惯例，你先把钱付给代理人，代理人把你带入境，就跟你结好账。真见鬼，我现在甚至不够钱去加汽油。这确实是一笔好大的钱款哪。约翰逊先生，你真是好样的！

"我必须运点东西，弗兰基，"我说，"我必须要赚点钱。"

"我来帮你想想。"弗兰基说。他常常在码头一带转悠，接些零活。他的耳朵已经背了，每晚都喝酒直到酩酊大醉。不过你绝对找不到比他更忠诚、更善良的人了。自从我第一次到这儿闯荡，就认识了他。他过去一直帮我搬运货物，有许多回了。后来，我不干倒腾货物的买卖了，改行开旅游船到古巴去钓箭鱼。从此以后，我经常在码头的咖啡馆里碰到他。他总是一副沉默寡言的样子，经常用微笑与人交流。不过，那也是因为他耳背。

"随便什么你都运？"弗兰基问。

"当然，"我说，"我现在没法挑三拣四了。"

"真的什么都行？"他反问了一句。

"别废话了。"

"我来帮你想办法，"弗兰基说，"你待会儿在哪儿？"

"我会去明珠餐馆，"我回答他，"现在我还得填饱肚子。"

在明珠餐馆里，你只要花两毛五分钱就能美餐一顿了。除了汤，菜单上的菜都是一毛钱一份，汤要五分钱。我跟弗兰基一起来到那儿，我独自走进了餐馆，他继续向前走。在他离开之前，他用力握了握我的手，又轻轻地拍了拍我的背。

"别太担心。"他说，"我——弗兰基——办法多得是，做买卖也不在话下，喝酒更不在话下。我虽然没有钱，可咱们是纯爷们儿，别担心了。"

"再见，弗兰基，"我说，"你也别担心，兄弟。"

第二章

　　我走进餐馆，来到桌子边坐下。那块被子弹打烂的橱窗玻璃已经换成了新的，玻璃陈列柜也补好了。一群加利西亚人①正坐在酒吧柜前喝着酒，他们中有几个人正在吃东西，一旁的桌子上，有人在玩一种叫多米诺骨牌的游戏。我花了一毛五分钱，点了黑豆汤和炖牛肉还有一份煮土豆。我又要了一瓶阿图埃②啤酒，一共花了两毛五分钱。我试图问那个服务员关于那场枪战的情形，可是他什么也不愿意说。看来他们都被吓得不轻。

　　我吃完饭，背靠在椅子上休息，点上一支烟抽了起来。一片愁云惨雾，我感觉郁闷得不行。接着，我看见弗兰基从门外走了进来，他还带着一个黄种人。我心里念叨着，是黄种人啊！

　　"认识一下，这位是辛先生。"弗兰基微笑着说。他办事确实很麻利，这么快就办好了。对这一点他自己也很自信。

　　"你好。"辛先生说。

　　辛先生应该称得上是我见到过的最世故的人了。他是一个十足的中国人，可是说起话来却是一口地道的英伦腔。他穿着一套白西服和丝衬衫，戴一条黑领带和一顶巴拿马草帽，那些起码值一百二十五美元。

　　"你要来杯咖啡吗？"他问我。

　　"来一杯吧，如果你也来的话。"

　　"多谢。"辛先生说，"咱们这里还有别人吗？"

---

①　加利西亚人：古巴曾是西班牙殖民地，所以在古巴有很多西班牙加利西亚人后裔。
②　阿图埃（Hatuey）：位于古巴东北部卡马圭省的城市。

"如果不算那些泡在这酒馆里的人，就没谁了。"我跟他说。

"那也没关系。"辛先生说，"你有一艘船？"

"是，三十八英尺长，"我说，"一百匹马力，来自克尔马思造船公司。"

"哦，"辛先生说，"我原本想要一艘更大的船。"

"如果是空船，它就有两百六十五个货箱的容量。"

"那你是否愿意把它租给我？"

"你有什么条件？"

"你不用去了。我会自己配备的。"

"那不行。"我说，"我和我的船相依为命，船在人在，船丢人亡。"

"我明白。"辛先生说。"请你回避一下，可以吗？"他转头对弗兰基说。弗兰基的表情似乎在告诉我们他在努力认真听，并始终面带微笑。

"没关系，他耳背得很严重，"我说，"懂得英语也不怎么多。"

"我知道了。"辛先生说，"你会说西班牙语吗？让他等一下再过来找我们。"

我只伸出大拇指冲弗兰基摇了几下，他就会意地站起，走向酒吧柜。

"你不会说西班牙语？"我说。

"会说，"辛先生说，"呃，发生了什么事情你才会——才会这么想的？"

"我现在身无分文了。"

"明白了。"辛先生说，"那艘船欠下了什么债吗？它会被别人控告吗？"

"不会的。"

"这样啊！"辛先生说，"你的船能够装得下我多少可怜的同胞呢?"

"你要运送他们?"

"正有此意。"

"多远?"

"一天航程。"

"我不知道。"我说,"要是他们没什么行李的话,能运十一二个人。"

"他们什么行李都没有。"

"你打算把他们运到什么地方?"

"我会让你看着办。"辛先生说。

"那也就是说,由我决定他们在哪里上岸?"

"你只要把他们运往托尔图加斯①,那儿有一艘纵帆船会把他们接走。"

"注意,"我说,"托尔图加斯小群岛的螭龟礁上面有座灯塔,那里有无线电设备,为两国②工作。"

"你说得很对。"辛先生说,"让他们在那里上岸相当愚蠢。"

"那怎么办?"

"我刚才的意思是,你得把他们运往那个地方。这是按照他们的航程来的。"

"行。"我说。

"按照你的想法,你认为他们从哪儿上岸最好,你就运到哪儿。"

"真有艘纵帆船开到托尔图加斯那儿接他们吗?"

"当然没有。"辛先生说,"你真是蠢极了。"

---

① 托尔图加斯 (Tortugas):美国佛罗里达州沿海的小群岛,在墨西哥海湾内,螭龟礁是其中最大的一个小岛。

② 两国:指英国和古巴。

“你打算付我多少钱？”

“五十块每人。”辛先生说。

“免谈。”

“那七十五怎么样？”

“你一个人赚多少钱？”

“话可不能这么说，你要知道，我有各种各样的渠道，用你的话说就是门路，要沟通。事情很简单，就到那儿完结啦。”

“可不是。”我说，“你凭什么觉得我会白白冒险干这件事呢？”

“我完全明白你的意思。”辛先生说，“要不，咱们就定一百块一个人，可以吗？”

“听着，”我说，“你要知道如果我被发现了，我得把监牢当作我多久的安身之所？”

“十年，”辛先生说，“至少十年。可是咱们没有理由去坐牢啊，我亲爱的船长。你只需要冒个小小的险——就在你运送那些货物的时候——剩下的一切就靠你的谨慎了。”

“要是他们返回来找你呢？怎么办？”

“那太简单了。我会跟他们说清楚，是你出卖了我。我还会将一部分钱退给他们，再想办法送他们出去。不用说他们也知道偷渡入境是很不容易的。”

“那会怎么处置我呢？”

“我想给领事馆写封信应该不是什么很困难的事。”

“我明白了。”

“船长，一千两百块，这可不是一笔小数目呀！”

“我什么时候可以拿到钱？”

“只要你同意，我马上给你两百。等人一上你的船，我自然会给你一千块。”

“你不怕我拿了两百块就跑了吗？”

"当然啦，如果你真的跑了，我一点办法也没有。"他笑着说，"但是，我相信这种事你不会做的，船长。"

"那两百块你已经带来了吧？"

"那当然。"

"把钱放到盘子底下。"他照办了。

"好了，"我说，"我早上会去结关，天黑后我就把船开出来。呃，咱们去哪里装人？"

"在巴库拉那奥①可以吗？"

"好吧，你安排妥当了吗？"

"当然。"

"嘿，我商量一下装人上船的办法吧。"我说，"你在那里用两个手电筒亮两次，两道光要上下平行。我看到电筒光之后，就会把船开进来。你划一艘小船，用小船把人转运来。你必须亲自来，带上钱。你必须当时就付钱，否则一个人都上不了我的船。"

"不行。"他说，"你开始放人上船，我给你付一半，等全部人都上船再付另一半。"

"行。"我说，"很公平。"

"看来，这件事我们就谈妥了？"

"我想是的。"我说，"他们什么都不能带，包括行李、武器，还有枪、刀，就连剃须刀也不能带。这咱们得先说清楚，不能含糊。"

"船长，"辛先生说，"你对我是不信任吗？难道你没有看到我们俩的利益是一致的吗？正所谓一荣俱荣、一损俱损。"

"你能保证吗？"

"快别婆婆妈妈的了，"他说，"难道我们不是拴在同一条绳

---

① 巴库拉那奥（Bacuranao）：古巴西部的一座城市，距哈瓦那市约七公里。

上的蚂蚱吗?"

"好吧。"我跟他说,"你什么时间到那儿?"

"午夜之前。"

"好吧,我们就这么说定了。"

"你想要什么样的钞票?"

"每张都是一百块的。"

他站起来,我看着他向外走去。他走过时,弗兰基冲他微笑。可是辛先生没有理会他。他真是个圆滑世故的中国人,而且是个能干的中国人。

弗兰基回到饭店,走到桌子旁边,问道:"你们谈得如何?"

"你怎么认识这位辛先生的?"

"大生意,"弗兰基说,"他专门运送中国人。"

"你们认识多长时间了?"

"他来到这里快两年了。"弗兰基说,"他来以前,另一个人做这个生意运送中国人,后来有人杀了他。"

"辛先生也会被人杀了的。"

"那肯定的。"弗兰基说,"这是多大的生意啊!"

"好生意。"我说。

"大生意!"弗兰基说,"那些被运走的中国人从来没有回来过。也有中国人写了平安信说,一切安好。"

"真妙。"我说。

"这类中国人就不会写字,会写字的中国人都是有钱人。他们吃的全是大米,连最简单的面包都吃不起。我们这里有十几万中国人,其中只有三个是女的。"

"为什么?"

"也许是政府的政策不允许吧!"

"这实在让人难受。"我说。

"你跟他说好了吗?"

"算是说好了吧!"

"不错!"弗兰基说,"这比走仕途好多了,能捞到更多钱。"

"我们来瓶啤酒,"我跟他说。"庆祝一下。"

"你不会再愁眉苦脸的了吧?"

"不愁了。"我说,"感谢你给我带来了这么大的生意。"

"这就对了,"弗兰基说着拍拍我的后背,"我很高兴能帮上你的忙,我从心底希望你开心。还有什么比这个中国人送来的生意更好呢,对吗?"

"真是好极了。"

"我真高兴。"弗兰基说。我看到他,几乎高兴得要哭的表情,他是因为能够帮助了我,且事情发展得这么顺利,才如此高兴,我拍他的后背以示感谢。弗兰基,真是个好伙计。

早上我做的第一件事就是找到我的代理人,跟他说让我们结关。他要我的船员名册。我告诉他我没有船员。

"你是要孤身一人出海吗? 船长。"

"没错。"我点点头。

"你的助手没事吧?"

"他是个酒鬼,每天喝得烂醉如泥。"我跟他说。

"孤身一人出海不太安全呀。"

"只有九十英里而已,"我说,"或许船上有个醉鬼,你不觉得跟没有人没什么分别吗?"

我把船开到海港的对面就是美孚石油公司的码头,打算给两个油柜加油。加满这两个油柜,需要将近两百加仑。我心里不愿意加这么多汽油,因为这是一大笔开销,可我又不知道我们会把船开到多远的地方去。

自从我见了那个中国人,从收下定金时起,我就为这笔买卖忐忑不安。我胡乱想着，整整一夜没能睡着。当我把船开回原来的码头时，埃迪就在那里等着我呢。

"嘿，哈里，"他对我说，招招手。我把船尾的缆绳扔给他，他系好缆绳后登上船。埃迪看起来比平时高了些，眼神更模糊了，醉得更厉害了。我真是懒得理他。

"哈里，约翰逊那个家伙就这样溜掉了！你有什么打算呢？"他问我，"你还了解些什么？"

"滚下我的船！"我冲他喊道，"你这样让我觉得想吐。"

"老兄，我心里和你一样觉得不好受，你能了解吗？"

"从这儿滚开！"我重复道。

他干脆舒舒服服地坐在椅子上，惬意地往后一靠，伸着两条腿，很享受的样子。"据说咱们今天要横渡海峡？"他说，"我也觉得待在这一带没什么好前途。"

"你不用去了。"

"干什么，哈里？你为什么冲我发火？"

"为什么？从这儿滚下去！"

"嘿，放轻松点。"

我挥起拳头，狠狠地打到他脸上，他立刻爬起来，狼狈地向码头方向逃去。

"我可不会这么对你！哈里。"他说。

"你说得完全对，你是不会，你也不敢！"我对他喊道，"你休想再让我带你出海，就是这么回事。"

"行，说就可以了，干吗动手啊？"

"我不揍你，你会相信我说的话吗？"

"那你要我怎么办？饿死在这儿？"

"你爱怎么办就怎么办，"我说，"你可以搭渡船回去，也可以靠着自己的力气干活挣钱。"

"你这样对我不公平。"他说。

"你对谁公平了？你这个酒鬼，这个只会喝酒的浑蛋！"我跟他说，"你连你亲娘都可以出卖。"

我说的都是实话，可我还是为揍了他而觉得不爽。你知道，要是你也揍了这么一个醉醺醺的家伙，心里的滋味能好受吗？可是眼下的情况却不允许我再带着他了，哪怕我想带也不行。

他沿着码头一路走去，看起来好像不止一天没有吃早餐的样子。接着，他又返回来。

"哈里，"他低着头说，"你能给我几块钱吗？"

我把一张那个中国人付的五块钱钞票递给他。

"我一直都知道，你是我的铁哥儿们。可是你为什么就不能带我一起走呢？"

"你太倒霉了。"

"你只是还在气头上罢了，"他说，"没关系，铁哥儿们。你下次看到我会很高兴的。"

他拿到钱，脚步自然快了许多，我可以肯定地说，哪怕只是看到他走路，我都觉得恶心。他走路的时候，腿部的关节好像都向后扭着。

我登上岸，到了明珠餐馆，与那个结关代理人见面。我从他手上拿到了结关文件，并请他喝了一杯酒。然后，我开始吃午餐，这时，弗兰基过来了。

"有人叫我把这个东西，拿来给你。"他说着递给我一个卷得有点像管子一样的东西，还用纸包着，在上面还系着一条红绳。我解开红绳，把包着的纸摊开来，看它的样子，好像是一张照片。我想应该是哪个在码头附近的人拍了我那艘船的照片吧。

原来那是一张死了的黑人的照片，胸膛和脑袋被拍了特写。他的脖子上被利索地割开了一个大口子，从这边的左耳到另一边的右耳，然后把口子用针线整齐地缝起来。胸前贴着一张写着西班牙语的卡纸，"我们一向有办法处置 Lenguas largas。"

"这东西是谁给你的？"我问弗兰基。

他指了指外面一个小男孩，他是西班牙人，在码头一带干杂活的。那个男孩身患痨病，看起来快要死了。现在他正站在一个长条桌旁，这是其他人用便餐的地方。

"让他过来。"

那孩子走了过来。据他说大约 11 点的时候有两个年轻人把那卷东西交给了他。他们问男孩认识不认识我，那孩子说认识。于是，他们让他把那东西交给弗兰基，再让弗兰基转交给我。他们付给他一块钱，叫他务必要让我收到。小男孩告诉我们那帮人的穿着很讲究。

"玩花样。"弗兰基说。

"嗯，绝对是。"我说。

"他们觉得，你报警了，然后把那天早晨在这儿和那几个小伙子面谈的事捅出去了。"

"估计是这样。"

"玩这个花样，手段可真不高明。"弗兰基说，"你走掉是对的了。"

"他们有留下什么口信吗？"我问西班牙小男孩。

"没有，"他摇摇头说，"就是要我把那个东西给你。"

"我现在要走了。"我对弗兰基说。

"真低级！"弗兰基说，"政治很低级。"

我把结关代理人给我的所有文件都捆扎在一起，付了账，离开了那家餐馆，穿过广场，走进了那扇大门。我很开心地穿过仓库，最后走到外面的码头上。那年轻人还真是吓了我一跳。不过他们也真够蠢的，竟然相信我会偷偷给另一批人通风报信。那些年轻人真像潘乔的。他们一受到惊吓，就心情激动，而他们的心情一激动，就有人的生命会受到威胁。

我回到船上，给发动机预热。弗兰基在码头上站着向外望，他的脸上挂着一个耳背的人才会有的古怪笑容。我走到了他的身旁。

"听着，"我说，"你别跟着陷入这件事情里，免得招惹到什么麻烦。"

他听不清我在说什么。我不得不大叫着把我的话再跟他说了一遍。

"我耍起手段来，也是挺在行的。"弗兰基说完，就解开了缆绳，并扔到了船上。

第三章

弗兰基早早就把船索扔上船。我向他摇摇手，然后船就离开了码头，顺着航道开入海面。一艘英国货船也正在往外开，我一直在它的旁边航行，后来超过了它。那船上装着满满的白糖，船壳的钢板布满了锈斑，看起来很旧。我从它身旁经过时，一个穿着陈旧的蓝色圆领水手服的英国水手站在船尾望着我。我的船离海港越来越远，绕过莫罗古堡，进入直达基韦斯特所开的航线，向正北方驶去。我离开了舵轮，走到甲板，卷起张帆索，再走回去，掌控船的航向，让船在航线上好好地行使。哈瓦那在船尾，渐行渐远，最后消失在我们的视线中，群山渐渐在我们眼前耸立着出现。

不多会儿，莫罗吉堡也被我甩出视野之外，接着是国民旅馆，最后我只能勉强看到国会的穹顶了。与上次我们钓鱼的那天相比，海浪不算大，微风徐徐的。我看到有两艘单桅小帆船从西边开过来，朝着哈瓦那方向驶去。远远地看着小帆船的行驶状况，我知道海浪并不大。

我关上开关，停掉了马达，没有必要浪费汽油，就这样让它随波漂流就挺好。天黑之后，我还可以看到灯光从莫罗古堡射过来，或者，如果它漂得快些的话，就可以瞧见科希马尔[①]的灯光。只要顺着这灯的亮光一路开过去，就能到达巴库拉那奥。我想：既然海浪不大，估计等天黑，船就会漂流十二英里，到达巴库拉

[①]　科希马尔（Cojmar）：古巴西部的城市，避暑胜地。

那奥时，我可以让巴拉科那的灯光迎接我。

我爬上甲板向四周望了望，只看见那两艘单桅小帆船从西边开过来，还有后边远处的海边上，白色国会穹顶高高耸立着。航道的海湾里长着一些果囊马尾藻，几只海鸟在抓鱼。我在那栋大厦前注视了好一会儿，但我看到鱼只是通常在果囊马尾藻周围打转的棕色鱼仔。千万别相信任何人跟你说，在哈瓦那和基韦斯特之间的海面不怎么开阔，我现在只走在它的边上而已。

过了一会儿，我回到驾驶舱，埃迪已在那儿。

"出什么事了？马达没事吧？"

"出故障了。"

"你干吗不把舱口盖打开？"

"啊，见鬼去吧！"我生气地喊出声来。

你们猜猜他做了什么？他竟然又回来了，他打开前舱口盖，溜进下面的船舱，睡着了。他起码带了两夸脱朗姆酒，这酒应该是在他见到我的第一家酒馆买的，然后带上了酒，溜到船上了。我开船时，他醒了，接着又睡过去了。如果不是我把船开进海湾的时候，被海浪颠簸了一下，他还不醒呢。

"我知道你会带着我的，哈里。"他说。

"带你去见鬼！"我说，"反正船员名单上也没有你的名字，你现在跳海得了。"

"你老爱跟我开玩笑。"他说，"咱们都是扎根在这个小岛上的同胞，遇到麻烦的时候，就应该团结起来。"

"就你？！"我说，"就你那大嘴巴，谁知道你头一发昏会说出些什么？谁敢相信你？"

"我是好人，哈里。你不妨让我接受这次考验吧，你就会发现我是一个多么好的人了。"

"去拿些酒来。"我对他说，我在计划别的事。

他把酒拿出来，我从已经开了瓶塞的那一瓶拿起喝了一口，接着把酒瓶放在眼前的舵轮边。他站在那儿，我望着他。我在为他，也在为那件我不得不干的事情感到难过。真见鬼，我刚认识他的时候他确实是个好人。

"船到底出什么事情啦，哈里？"

"船没什么。"

"那么，是出了什么别的事啦？你干吗这样看着我，我觉得怪怪的。"

"兄弟，"我用难过的语气告诉他，"你闯进了一个你不该碰到的大麻烦里了。"

"你这话是什么意思？"

"我现在还不清楚，我还没把事情完全计划好呢！"

我们在原地坐了一会儿，我不想再跟他说话了。我知道我要做那件我非干不可的事后，就没法跟他说话了。后来，我到下面去，取出了那支滑机操作的连发枪①和那支温切斯特牌30–30连发步枪②，这些是我一直放在船舱里的。接着，我又拿出了一支放在枪盒里的枪，挂在舱顶上也就是舵轮的正上方，我们平时挂钓竿的地方，这样我一伸手就可以拿到了。枪放在两个用油泡过的羊毛盒子里，如果你想在船上放把枪，又想防锈，这是唯一的办法。

我拉开滑机，来回推拉了几次，接着把枪弹装满，再往枪管里推进一颗枪弹。我在温切斯特牌连发枪的弹膛里也装上一颗枪弹，还在弹盘装满了枪弹。我从床垫下取出我在迈阿密警察局做事的时候保存着那把特制的史密斯和韦森牌零点三八英寸口径的左轮手枪。现在我把它们取出来，擦净，抹油，把子弹装满，再

---

① 滑机操作的连发枪：又名措膛枪。

② 温切斯特牌30–30连发步枪：这种后膛装填式连发枪制造于美国，枪的牌子是厂主奥立佛·温切斯特的姓。

挂回到我的腰间。

"出什么事了?"埃迪说, "到底出什么事? 你到底要干什么?"

"没什么。"我跟他说。

"那你把这些破玩意儿拿出来干吗?"

"我一直把这些都带在船上。"我说, "可以向那些骚扰鱼饵的鸟或鲨鱼射击,又或者预防在沿着那些小岛航行时碰上什么危险。"

"出了什么事? 见鬼!"埃迪有点儿沉不住气了, "你快点告诉我啊!"

"没事。"我对他说。我坐在地上,船颠簸时我的口径零点三八英寸的左轮手枪一下一下地撞击着我的腿,我望着他。我心里想,现在干那件事没意思了。现在我可能真的需要他。

"咱们要去做一件小事。"我说, "我们得去一趟巴库拉那奥。时机一到,我就会跟你说要干些什么。"

我现在不想告诉他,因为说得太早了他肯定会胆战心惊,手足无措。那样的他就没什么用处。

"再没有人比我更适合帮你了,哈里。"他说, "我就是专门帮助你的人。不管发生什么,我都和你站在一边。"

我看着他,高个子,两眼迷蒙,双腿哆嗦着。我现在一个字都懒得说。

"哈里,我先去喝一口,可以吗?"他问我, "我不想因为紧张而浑身发抖。"

我给他倒了杯酒,他喝了一口。我们坐着,等待着太阳落山。夕阳西下,看起来很美,微风吹着,感觉挺舒适的。当太阳落到海平面以下的时候,我开动了马达,慢慢地把船向陆地开去。

第四章

在一片黑暗中，我们把船停在离岸大约一英里的地方。天黑之后，我看到海潮上下翻涌着，变得异常汹涌。我望见莫罗古堡灯光是从西边的方向射过来的，还有远处灯火辉煌的哈瓦那。我又向对面看去，又看到了林康①和巴拉科阿②的灯光。我逆着海潮开过去，直到超过巴库拉那奥，即将到达科希马尔。我的船一直逆着潮流向前开。天已经完全黑了，但我还是可以判断我们所处的地方。所以我把所有的灯都关掉了。

"哈里，我们这是要干吗？"埃迪忐忑不安地问我。

"你觉得呢？"

"我不知道，哈里，你今天的举动让我觉得害怕。"他不停地颤抖着，他凑近我时，一股臭气从他的嘴里冒出来，跟秃鹫似的。

"现在几点了？"

"我去看看。"他回来时说："已经 9 点半了。"

"你饿不饿？"我问他。

"不，"他说，"你知道我没那么容易饿。"

"很好。"我跟他说，"你现在喝一口吧。"

他喝了一杯酒，我问他现在感觉怎么样，他说感觉好多了。

"等一会儿，我会让你多喝点。"我跟他说，"我知道，要是不给你喝朗姆酒，你肯定没胆儿。可是我们船上没剩多少酒了。

---

① 林康（Rincon）：位于波多黎各西部的城市。
② 巴拉科阿（Baracoa）：位于古巴东奥连特省北岸的海港城市。

所以你最好悠着点喝。"

"跟我说说，我们到底要干什么？"埃迪说。

"你仔细听好了，"我压低声音说："咱们现在要开船去巴库拉那奥，到那去接十二个中国人。到时候我会让你掌舵轮，你得乖乖听我的，照我说的做。把这十二个中国人接到船上后，咱们要把他们关到前舱里。咱们现在要把船继续往前开，你去从外面把舱口盖关紧。"

他往外走，我看见他就像个黑影消失在黑夜中。不一会儿，他回来了，对我说："哈里，现在可以给我一口酒喝吗？"

"不行。"我说，"我知道你想喝点酒去壮胆子，如果你喝多了到最后就什么也做不成了。"

"我是个好帮手，哈里，你会看到的。"

"你只会喝酒！"我说，"听清楚，现在有一个人带着十二个中国人。当这些中国人开始上船时，他会给我一半钱。等到十二个中国人全部上船后，他再把所有的钱付给我。你只要看到他第二次给我钱，你就立刻把船往前开，向上推排挡，然后向外海开去。无论发生什么，你都不许管。记住无论发生什么，你都要继续开船，听懂了吗？"

"懂了。"

"如果有任何一个中国人在咱们把船开到外海后，想从船舱里跑出来，或者爬出舱口的话，你就举起那支用滑机操作的连发枪射击，撵他们回去。只要他们的头一冒出来，你就立刻撵回去。你会操作这个连发枪吗？"

"不会。但是你可以教我吗？"

"你学也学不会的。你知道怎么用温切斯特吗？"

"只要拉动滑机，就能开枪。"

"对。"我说，"但是，要小心，千万不要打到船壳。"

"你最好再给我来口酒。"埃迪说。

"行，给，但只能喝一小口。"

之后，我给了他的酒不止一小口，因为我看得出他现在喝酒应该不会醉了。喝了酒的埃迪，精神状态果然好了一些，说："就是说，咱们这是要去运中国人了？真行啊！我记得我曾经说过，要是有一天我真的没有一分钱了，就去走私中国人。"

"你以前就没有过沦落到一分钱都没有的地步吗？啊？"我冲他嚷嚷。我觉得他有些不清醒了。

在 10 点半之前，我又让他喝了三口酒，保持他的胆色。看看他现在的样子，真是有些可笑，或许这样可以暂时让我忘记那件事。我没有想到要等这么长时间。按原来的计划，天一黑我就出发，开船出海，沿着海岸航行，躲开所有发亮的灯光，一直开到科希马尔。

差几分钟 11 点时，我看见那个地方出现两道亮亮的光线。等了一小会儿，我就把船缓缓地开进去。巴库拉那奥是个不大的海湾，可是在过去那儿是个大码头，时常有来装运海沙的船。雨季的时候，连续不停的雨水冲开堵在河口的沙洲，就有一条小河冲进来。冬季时，沙子被肆虐的北风吹得堆起来，把河口给封住了。从前，贩卖番石榴的人会开着纵桅船到这里来，在那时候这里还是个市镇。后来飓风把市镇毁了，现在那里只有一所房子，房子是几个加利西亚人捡了那些被飓风吹倒的棚屋的破材料盖起来的。周末时他们会离开哈瓦那，到这儿来游泳或野餐，这所房子就被他们当作更衣房。但是还有特派员住着的一所房子，那房子离海滩还有好远的一段路呢！

每一个沿海岸的小地方都有一个政府的特派员。我估计那个中国人用的船就是他的，他已经被买通是肯定的。当我们开船经过那儿时，一股海葡萄的气味直冲鼻孔，其间还间杂着从岸旁灌木丛中传来的，一股甜丝丝的香味。

"往前开。"我对埃迪说。

"向这边开你是安全的。"他说，"你看，那一面有礁石。"看来他以前还是挺能干的。

"注意船。"我让他把船往里面开，开到我觉得他们应该能看到我们的地方。如果天气晴朗无风无浪时，他们肯定能够听到马达的声响。我不清楚他们是否能看到我们，因为不想等在那里，我开了航行灯，它们闪了一绿一红两道光，然后关掉。接着，我把船头掉转，往外开，停在外面之后也没关马达。波浪在四周轻轻地起伏。

"到这儿来。"我又给了他一大口酒。

"你必须先用大拇指把扳机扳起来吗？"他低声提醒我。

这时候，他坐到舵轮前面。而我伸手打开了那两个盒子，把枪托大约拉出了六英寸。

"对极了。"

"嘿，干得好！"他说。

我没想到在他身上酒竟然能起到如此大的作用，这么快，无比奇妙！

我们停在那儿。我盯着特派员的房子，透过灌木丛，那里出现一道亮光。不过我刚刚看到那个地方有两道亮光射出来，现在那里的一道亮光移走了。这说明他们把另一个灯关掉了。

过了一会儿，有人划着一艘船从小海湾里向我们这边开过来。看他前仰后合地摆动着身子，我可以断定他在划船。我甚至可以看得出来，他手里是一把很大的桨，我觉得很兴奋。

他们一直划过来。

"晚上好，船长先生。"辛先生说。

"把小船开近船尾，把它靠近船的侧面。"我对他说。

他对那划船的人说了几句，但他无法向后划船，所以我帮忙抓着小船的舷，拉近船尾。船上一共有八个人，除了辛先生、划船的年轻人外，还有六个中国人。我把小船拉近船尾时，我担心有可能会遭到偷袭，万幸这样的事情并没有发生。我挺直身子，帮辛先生抓好船尾。

"先把钱拿出来亮亮，现在让我看看它们。"我说。

他递给我一些钱，我拿住那卷纸币，来到舵轮前，就在埃迪旁边，打开了罗经柜上的灯。我仔细数了数钱，没有什么问题，然后，我关上灯。埃迪在一旁发抖。

"去喝一口酒吧，埃迪。"我返回了船尾。

"可以了，"我说，"让那六个人先上来吧。"

那个划船的古巴人和辛先生使劲儿让船稳稳地固定在那有些起伏的海面上，免得翻船。我听见辛先生对他们说了几句中国话，然后上了船的中国人都拼命拥向船尾。

"一个一个来。"我说。

他又说了几句什么，接着那六个中国人就尾随着一个一个地到了船尾。他们什么类型的都有，高矮胖瘦，各种各样。

"把他们带到前面去。"我对埃迪说。

"先生们，请到这边。"埃迪说。

上帝啊，我肯定他刚刚喝了一大口。

等他们都进去后，我对埃迪说："把船舱门锁上。"

"好的，先生。"埃迪说。

"我再去带另一些人过来。"辛先生说。

"好的。"

等他们两人上了小船，我就把它推开，那个年轻人划着船离开了。

"听好，"我转身对埃迪说，"你不可以再喝酒了，你已经差不多醉了。"

"明白,头儿。"埃迪说。

"你现在感觉如何?"

"我很乐意干这事。"埃迪说,"正如你所说的,只要往后一扳大拇指就行了?"

"你这讨人厌的醉鬼!去,把酒递过来给我喝一口。"

"对不住了,瓶里的酒都被我喝光了,头儿。"

"听好,待会儿他一把钱给我,你就立刻向前开船。千万要留神!"

"明白,头儿。"埃迪说。

我伸手拿起另一个酒瓶,用螺丝起子,拔出了软木瓶塞。我猛地灌下一大口,把瓶塞塞紧,回到船尾,再把酒瓶搁在那两个满是水的,用柳条套子裹着的大水罐后头。

"辛先生来了。"我对埃迪说。

"好,先生。"埃迪说。

我们看到了那艘船,又一次向我们划过来。

他把船又划到我的船尾,我让他们抓着船尾,把船停稳定了。辛先生抓着一块我们装在船尾的滑板,那是把大鱼运上船时用的。

"他们可以上来了,"我说,"一个接着一个。"

登上了船的又有六个中国人,各种模样的都有,他们聚集到船尾。

"立刻打开船舱,带他们到前面去。"我和埃迪说。

"好的,先生。"埃迪说。

"把船舱锁好了。"

"好的,先生。"

之后,我又看到他出现在舵轮前。

"得了，辛先生，"我说，"咱们清算一下，来看看剩下的钱吧。"

他的手伸向衣袋，把钱掏出来递向我。我在接钱的同时，一把紧紧地抓住他那只递钱的手腕，在走上船尾时，我狠狠地用另外一只手掐他的脖子。这时我突然感觉船震了震，排挡被推了，紧跟着螺旋桨转动了起来。我集中精力对付着辛先生，但还是看到在他们小船的船尾上，站着手里握着桨的那个古巴人。此时此刻，辛先生一直在胡乱扑腾。就在他挣扎的时候，我们把小船甩在了后面。他的扑腾比所有被手钩钩到的海豚更狠。

我很用力地把他的胳膊扭到背后，但是我的劲用得太大了，他的胳膊被我折断了。他发出一声低沉的、古怪的嘶吼。当我把他胳膊折断时，突然他向前扑了过来。我使出所有的力气，一把掐住他的脖子。我的肩膀被他狠命地咬住了。但是，当我感到他的胳膊被折断时，就放开了它。他已经用不上它了，我的两只手都掐住他的脖子。老伙计，这时的辛先生蹦跶起来犹如一条垂死挣扎的鱼。他那条折了的胳膊像某种打谷子的农具一样被挥动着。但是，我没有放开，仍然狠命地把他摁住，直到他跪了下来。我两手的大拇指拼命往他的嘴巴后面压进去，他的整个喉管被我压得向后弯，弯到"啪"的一声折断才算。那喉咙被折断的声音你能真真切切地听到。

我保持这个动作抓着他，过了一会儿，就把他扔到了船尾横着晾在那里。他躺在那里，脸朝上，没有动弹，衣着讲究，两只脚搁到驾驶舱内。

我拾起了驾驶舱地上的，打开罗经柜上的灯，在灯光下数了数。然后，我自己掌握舵轮，我吩咐埃迪到船尾去找几块铁，那几块铁是我们在岩石底区域的水面上钓海底鱼或者小片礁石底区域的时候当成锚用，反正我总这么做。

"我什么也看不到。"他说。他被辛先生现在的样子吓坏了,不敢到下面去。

"那你来掌舵,往外一直开。"

我听到了一些在不断移动的声音从下面传过来,但是我并不害怕。

我翻出了两块我需要的铁,这还是在托尔图加斯的码头上捡来的。那里是个荒废了的运煤码头。然后我在辛先生的两个脚踝上,用一些钓笛鲷用的钓索牢牢地系住了两块挺大的铁块。我们行驶到离岸边大约两英里时,我抱起了他。他就从那块滑板上顺顺当当地滑了下去。我都没有想过翻他的衣袋。

我没有想过要去翻一翻,你知道,我骨子里不是那种人。

他的嘴和鼻子里淌出来很多血,滴在船尾甲板上,我拿起桶去打水,可是因为船速度太快了,我差一点就会掉到海里。然后我用一把硬毛刷,从船尾开始把整个船擦干净。

"开慢点。"我和埃迪说。

"如果他漂起来怎么办?"埃迪还很担心。

"我把他扔进了大约七百英寻①的深水中。"我说,"你不用为辛先生担忧。他会一直下沉,这个距离浮上来会需要很长的时间,伙计。在他的尸体浮起来之前,是不会随水乱漂的,而且他会一直跟着潮流移动,这样会有鱼来吃他的。"

"为什么你要杀掉他?"埃迪问我。

"说不清楚。"我说,"我遇到那么多人,他是最容易打交道的一个。这样我反而觉得有什么地方不对劲儿。"

"那你杀掉他的理由是什么?"

"因为我不想去杀那十二个中国人。"我跟他说。

---

① 英寻(fathom):长度单位。1 英寻折合 6 英尺。

"哈里，"他说，"现在你必须让我喝杯酒，我觉得胃里有什么东西一直往上翻。他的脑袋就那么耷拉在那里，我直犯恶心。"

我递给他一杯酒。

"那些中国人你打算怎么处理？"埃迪问。

"我们必须马上把他们放走。"我对他说，"省得船舱内留下他们的气味。"

"你想送他们到哪里去？"

"目前咱只要送他们上岸，就可以了。"我对他说。

"现在就要靠岸吗？"

"当然了？"我说，"慢慢开进去。"

我们在礁石上小心翼翼地开着船，直到我能看到海滩上有亮光的地方，礁石上是大片的海水，向前些，礁石就变成沙底，接着是一个一个的斜坡，直到里面的靠岸处。

"你到前边去看看，测测水深然后告诉我。"

他不断用一根鱼叉杆往水里探，测水深，再用鱼叉杆指挥我继续开。然后他走了回来，做了个让我停下的手势。我把船往后倒了倒。

"水深约有五英尺。"

"我们现在必须抛锚了。"我说，"万一出了什么事，我们要是没时间起锚，你就直接把锚缆砍断或者绷断。"

埃迪把缆索放出去，感觉到后船不拉锚时，他就固定住锚。然后把船掉了头，船尾对向岸边。

"这地方是沙底，你懂的。"他说。

"咱们船尾那儿的水有多深？"

"应该是小于五英尺。"

"你拿着那支温切斯特牌连发步枪，一定要记住，当心。"

"再给我一口。"他特别紧张。

我又递给他一杯酒，同时递给他那支用滑机操作的连发枪。接着我打开了船舱锁，把门拉开，冲里面说："出来吧。"

里面没有任何动静。

一会儿，有一个中国人向外探头探脑地看，他看见站在那儿手里拿着步枪的埃迪，立刻缩了回去。

"出来吧。没有人会伤害你们。"我说。

里面仍然没有动静，我听到了许多中国人在说话。

"你们，出来!"埃迪说。听他说话的语气，我敢肯定整瓶酒都被他给喝光了。

"放好那个酒瓶，否则我就把你崩下船去。"

"出来!"我冲里面说，"否则，我开枪啦!"

我看见其中的一个中国人从角落里往外张望，他应该是看见了海岸，所以他叽里呱啦地对里面讲话。

"快出来! 不然我真开枪啦。"

终于他们都出来了。

就算是一个手段毒辣的人，想起歹念干掉这样一帮中国人肯定也不简单。而且我敢发誓，这样做肯会有很多麻烦。

他们一个个走出来，都被吓坏了。虽然他们没带武器，可是他们人多势众啊。我紧紧地握着滑机操作的连发枪，一直往后退，到了船尾。"这里的水不深，快下船，你们不会淹死的。"

他们都一动不动地站着。

"你们下去啊!"

还是没人动。

"快点下船去! 你们这帮黄皮肤、吃老鼠的浑蛋。"埃迪也急得叫唤起来。

"闭上你那张只会喝酒的臭嘴。"我对他说。

"我们不会水。"一个中国人胆怯地说。

"水很浅。"

"快走，下船去。"埃迪说。

"你到船尾去，用那该死的鱼叉杆探一下水，记得千万不要放下枪，让他们知道这水不深。"

他照做了，提起来的鱼叉杆湿淋淋的。

"不用游泳是吧?"那人问我。

"是的。"我肯定地说。

"你确定?"他又问了一句。

"当然。"

"这里是哪儿?"

"古巴。"

"你们这些骗子!"他说着跨过船舷，悬在船外，手一松，他的头就沉下去了。不一会儿，他的头又冒出了水面，嘴里还骂骂咧咧:"你们都是骗子，杀千刀的骗子!"

他气愤极了，又说了几句中国话，另外一些人开始一个一个从船尾跳进水中。

"好了，我们快走。"我和埃迪说，"赶紧，把锚收起来。"

我们向外海开时，月亮升起来了。月光下，你可以依稀分辨出那些中国人的脑袋露出水面，他们向海岸走去以及海滩上的亮光，还有后面低矮的灌木丛。

当我们的船开过礁石区时，我又回头看了看，眼前依次出现了群山和海滩。没过多一会儿，我们已经把船开到了去基韦斯特的航线上了。

"好啦，你去睡一会儿吧。"我对埃迪说，"啊，对了，你现在先把下面的舷窗打开，散掉臭气，把碘酒顺便给我拿来。"

"怎么了?"他把碘酒拿来时问我。

"我手指头被弄破了。"

"现在需要我控制舵轮吗?"

"滚去睡觉。"我说，"有事我会叫你的。"

他跑到驾驶舱里在固定的油柜上面的铺位上睡下，没一会儿就发出了轻轻的鼾声。

第五章

我把膝盖顶在舵轮上，接着衬衫被我扯开，检查了一下辛先生咬过的地方，好家伙，咬得真重，我把那些碘酒一股脑儿都抹在了伤口上，然后，我坐在控制着舵轮那儿。我有点担心，被一个中国人咬了会中毒吗？跟着船顺利航行而发出的悦耳节奏声，还有海水拍船的声音，我竟然生出这样的想法。真该死的，到底会不会呢？怎么会被咬一口就中毒呢！而且像辛先生这样讲究的人，搞不好一天得刷两三回牙呢！辛先生看起来不算精明，应该不是做这种买卖的料，或者他对我是信任的。坦白说，我真看不穿他到底是个怎样的人。

算啦，事情现在变得更容易了，只是这个埃迪有点棘手。因为他是个爱喝酒的醉汉，谁能保证他喝得神志不清时不会把一切都说出去。我坐在控制着舵轮的旁边，看着他，突然一个念头闪了出来了，真见鬼，看看他现在的样子跟个死人有什么区别？死人会说话吗？如果他死了，这样不就意味着什么线索都没留下吗？当我在船上看见他出现的时候，我心里就有了主意，我一定得除掉他，但是，接下来的每件事都那么顺利，我就狠不下心，下不去手了。但是，现在他就那样毫无防备地躺着，当然对我来说是一种诱惑。接着我又想起来，他的名字船员名单上根本就没有。我带他进去得被罚一笔钱，我还真不知道该拿他怎么办了。

算了，时间还有很多，让我慢慢来想这件事，我把船一直开到了航线上，每过一小会儿，我就喝口酒。酒也不多了，我把那瓶喝完后，最后一瓶也被我打开了。我真想跟你说，在这样一个美好的夜晚，我确实认为控制舵轮是很开心的。

天亮了，埃迪才醒的时候，他说他感觉很难受。

"你来控制舵轮。"我对他说，"我去看看。"

我来到船尾，往船上泼了点水，我拿刷子刷洗着船边，直到把船洗得看起来很干净。我又把那两支长枪的子弹退了出来，然后藏在下面。

不过我依旧把手枪留在腰间。我来到下面的船舱里，你能想象得出，空气十分清新，一点异味都没有。一切都很完美，除了从右边的舷窗外有点水飞溅进来，于是我把所有的舷窗都关上了。现在，我相信即使世界上嗅觉最灵敏的海关人员也不能闻出我的船舱中是否有中国人的气味了。

我看到放在网袋里的结关证件挂在装着航行证的镜框下面，上船后我就把它塞进去的，现在我取出了它，认真地看了一遍。接着，我回到驾驶舱。

"埃迪，"我对他说，"你的名字怎么会写到船员名单上呢?"

"我曾经遇见了领事馆去的那个代理人，就告诉他，我要赶去上船。"

"上帝偏爱酒鬼。"我对他说，然后藏了我的零点三八英寸口径的手枪。

我煮了点咖啡，接着来到上面控制舵轮。

"我们下去喝点咖啡。"我对他说。

"伙计，咖啡那玩意儿对我不会起丁点作用的。"他脸色看起来不怎么好。

差不多到了9点钟，正前方的桑德礁上的灯塔，我们几乎能看到。过了很长的一段时间，我们看到向海湾上游开去的油船鱼贯而过。

"从现在开始，再过两个小时，我们就入境了。"我对他说，

"我会像约翰逊付给你的那样，每天付给你四块钱。"

"你昨晚搞到了多少钱？"他问我。

"也就六百块。"我回答。

我不知道他是不是能相信我的话。

"你的意思，那些钱没有我的份儿？"

"你的就是这些。"我对他说，"我刚刚跟你说过的，你记住，如果昨晚发生的事被你说出去，一旦传到我耳朵里，我会干掉你。"

"放心，哈里，我不干告密这种事。"

"你只会喝酒。但是，无论你喝朗姆酒醉到什么地步，只要你把事说了出来，我保证刚才的话就会成真。"

"我不是坏人，你这么跟我说话真是不应该。"

"你也保证不了自己一直不做坏人。"

其实，我对他是放心的，因为就他那个醉鬼的样子，他说的话又有谁会相信呢？辛先生已经死了，自然没法开口说话，那帮中国人肯定也不会说出来。你懂的，那个划船带他们出海的后生更不会——他才不会让自己搅进什么麻烦里。或许埃迪有一天会说出来，可是一个整天喝得烂醉的人的话又有谁会相信呢？

而且也没有谁能够做证呢？人们一旦看到他的名字在船员名单上，肯定认为这是风言风语。我和埃迪运气真不是普通的好，我们很幸运，非常幸运。

接下来，我们到了湾流边，那里的海水不再是蔚蓝色，还泛着一些亮光的绿色。我再往里看，只见东干礁和西干礁上有一排排栅栏桩，还有一根根基韦斯特上的天线杆、比所有矮房子都高的海螺壳旅馆以及人们烧垃圾的地方出现的滚滚浓烟。我们离桑德礁灯塔越来越近，甚至可以看见机灯塔旁边那用来停游船的棚屋以及那个小码头。我估计，我们还有四十分钟路程就到了，我为能回来而感到兴奋。这个夏天，我有很多钱过活了。

"不如来一口如何，埃迪？"我问他。

"嘿，哈里，咱们是铁哥儿们，我知道的。"

那天夜里，我坐在起居室里抽雪茄，喝着兑了水的威士忌，收音机里传出格雷西·艾伦①的声音。我的女儿们都去看电影去了，我昏昏欲睡地坐在那儿，心里当然是美滋滋的。突然，我好像听到门外有人。我的妻子玛丽起身去开门，回来时她说："是埃迪·马歇尔，那个总是喝醉的酒鬼。他说他必须见你。"

"你让他滚，不要让我赶走他。"我对她说。

她回来坐下，在靠近我坐着的地方有个窗子，我踮起脚向窗外看，只见埃迪同他带来的另一个醉醺醺的家伙一起沿着路边走去。他俩显然都喝醉了，东倒西歪地走着，在弧光灯的照射下，他们的影子摇摇晃晃的。

"这个可怜的酒鬼。"玛丽说，"我还挺同情他的。"

"不，他是个幸运的酒鬼。"我摇摇头说。

"不可能存在什么幸运的酒鬼，"玛丽说，"这你懂的，哈里。"

"没错，你说的对。"我点点头说，"肯定没有。"

---

① 格雷西·艾伦（Cracie Allen, 1902—1964）：喜剧演员。受到身为杂耍演员的父母的影响，童年时就登台演出。1922 年和乔治·彭斯组建彭斯和艾伦喜剧班子，并于 1929 年结婚，在杂耍、电影、广播和电视等领域均有成就。

第二部　哈里·摩根（秋）

第六章

他们横渡海湾的时候正值夜晚，外面正吹着猛烈的西北风。天亮之后，哈里·摩根看到一艘油船向海湾下游开来。船在阳光下，迎着寒风，高高地挺立着。那白白的船，有点像是慢慢从海底冒出来的高高的房子。他问那个黑人："咱们这是在哪儿？"

那个黑人站起来看过去。

"怎么看起来一点不像迈阿密。"

"你应该懂我的意思，咱们就不应该开到迈阿密。"他对那个黑人说。

"我的意思是说，在佛罗里达的礁石岛上，那样的建筑物是不存在的。"

"咱们的路线应该是向着桑德礁开去的。"

"那么，诸如桑德礁，或者美国浅滩那些东西，咱肯定会看见的，对吗？"

然后，过了一会儿，他仔细地观察了，才知道那不是房子，是一艘油船。紧接着，一个小时都不到，笔直、细长、棕色的桑德礁灯塔出现在他的眼前，它立在海面上。

"你应该还可以控制舵轮的。"他问那个黑人。

"以前我是可以，"那个黑人说，"可是现在这次航行变样了，我没什么信心。"

"你的腿怎么样了？"

"一直感觉疼。"

"这个不要紧。"那个人说，"只要你不让伤口碰到脏东西，好好地包扎着，它自己会慢慢愈合。"

这时候，他控制着舵轮往西边开，要开到位于女人礁边红树①丛里去，然后将船藏在那里，混过白天。他在那儿什么人也不会碰到，只有约定好的那艘船将去那儿接他们。

"不要担心，你会康复的。"他跟那个黑人说。

"我可不这么觉得，"那个黑人说，"我快要疼死了。"

"到了地方，我一定会好好安顿你的。"他对黑人说，"别害怕，你那枪伤不算很严重。"

"以前我从来没挨过枪子儿，真的有点受不了。"

"你只是担心而已。"

"不，先生，自从我挨了枪子儿，我真的疼得要命，而且，昨天晚上我一直在抽搐。"

那个黑人一直在抱怨，絮絮叨叨地，他还控制不住地扯开绷带，把那个伤口显示出来。

"不要用手碰它。"控制舵轮的那个人说。驾驶舱里，那个黑人在地板上躺着。到处堆着装着烈酒的麻袋，一个个看起来有点像火腿。他躺在那些酒中间，每挪动一次身子，破玻璃瓶的响声就从一个个麻袋里传出，还散发着酒的气味，洒出来了，淌得到处都是。那个人把船开进女人礁里，那礁石现在已经十分清晰地出现在眼前了。

"我疼！"那个黑人说，"而且越来越严重了。"

"韦斯利，我真的为你感到难过。"那个人说，"但是舵轮必须由我控制。"

"我是一个人！不要像对待狗那样对待我。"那个黑人生气了。但是，那个人只是为他感到难过而已。

---

① 红树（manyove）：一种植物，一般在沿海地区生长，多生长在美洲热带地区的大西洋沿岸及墨西哥湾到美国佛罗里达州的礁石群周围。又叫美国红树。

"韦斯利，听着，我会想办法让你不再痛苦的。"他说，"你现在别动，好好躺着。"

"你看到别人忍受痛苦，却不为所动，你简直就是畜生！"

"放心，我一定会安顿好你。"那个人说，"现在你必须乖乖地躺着。"

"你不会安顿好我的。"那个黑人说。那个叫哈里·摩根的人，这会儿不想说一句话，因为他很欣赏那个黑人。不过现在那个黑人继续喋喋不休着。哈里·摩根真的很想揍黑人一顿，但又不能。

"他们开始扣动扳机时，咱们为什么不停下船？"

哈里·摩根不说话。

"你觉得一个人的性命比不过一船酒重要吗？"

那个人专心致志地开着船。

"咱们应该停下船，让他们把酒拿走。"

"不行。"哈里·摩根说，"酒和船不仅会被他们拿走，而且我们还要去蹲监狱！"

"我不介意坐牢，"那个黑人说，"但是，吃枪子儿是我从来都没有想过。"

他继续絮絮叨叨的，听得人心烦意乱。

"到底你和我，谁挨的枪伤更严重？"他问黑人。

"你。"那个黑人说，"但是，我从来都没有中枪的经验，我根本就没想到会吃枪子儿。你雇我来不是来挨枪子儿的，我可不想吃枪子儿。"

"别动气，韦斯利，"哈里·摩根对他说，"这样对你一点好处都没有。"

现在他们的船靠近礁石，他们开进浅滩。他让船在航道上行驶，因为水面反射着阳光，什么都看不清楚。那个黑人神志越发不清醒了，他的嘴里一直念叨个不停，在虔诚地祈祷。

"为什么现在还有人要走私烈酒？"他问，"已经过了禁酒期，人们为什么还要用这样的方式做生意？为什么他们不直接把酒用渡船运进来？"

那个在控制轮舵的人专心地盯着航道。

"为什么人们不脚踏实地、正正经经过踏实的生活呢？"

太阳光把那个人晃得连海岸都看不见的时候，还望着海岸外海水缓缓流淌着的地方。他只用一只手转动舵轮，船头掉转了，船被缓缓地开到红树丛边。船被他向后倒了倒，并把两个离合器分开。

"我能抛个锚下去，"他说，"但是我没办法把它取出来。"

"我现在可是一点也动不了了。"那个黑人说。

"你的身体状况相当糟糕。"那个人说。

他摆弄了很久，终于艰难地拿出那个小锚，想把它举起来扔到水里去。虽然他费了很大的力气，但最后总算是成功了，许多绳索被他拉了出来。船转进去，掠过了茂密的红树丛，那些树枝直接伸进驾驶舱。可以想象，他在驾驶舱里会有多么的狼狈！

从他和那黑人互相给对方包扎后一整夜，他一直盯着罗经，控制着舵轮。天亮后，他看见躺在驾驶舱中央一个个麻袋中间的那个黑人。但在那个时候他全神贯注地看着海面和罗经，搜寻着桑德礁上的灯塔，他的注意力并不在黑人身上，他压根儿没顾及周围的情况，这实在很糟糕。

在那批装着烈酒的麻袋中间那个黑人依旧躺着，他的两条腿直直地伸着。子弹穿透了舵轮，上面还留着八个巨大的弹孔，挡风玻璃也碎了。到底有多少货被砸烂了，他不清楚。到处都是血不是黑人的就是他自己的。但是，所有东西都被酒浸了，那气味真的是很不妙。这时候，船稳稳地停在红树丛旁，但他在海湾里行驶时，颠簸一整夜之后才出现的感觉，他依旧无法消除。

"我去煮点咖啡。"他对那黑人说，"等一下我会来照顾你的。"

"可是我不想喝咖啡。"

"我想。"那个人说。但是一阵头晕的感觉向他袭来，于是他又回到甲板上。

"我想我们没有咖啡了。"他说。

"我想喝水。"

"好。"

他倒了一杯水给那黑人。

"他们刚开始开枪时，你为什么不停地逃呢？"

"为什么他们要开枪？"那个人这样回答。

"现在我需要看医生。"那黑人说。

"一个医生能帮助你的，我也能做到。"

"医生会把我治好。"

"今晚等船来后，一定会有医生帮你的。"他说。

"如果没有船来呢？我可不能干等着。"

"行了。"那个人说，"我们现在要赶快扔掉这些酒。"

他开始动手了，可是用一只手做这事确实不容易。一麻袋起码有四十磅重，他还没完成多少，又开始觉得头晕了。他来到驾驶舱里，躺了下来。

"你这样会丢掉性命的。"那个黑人说。

那个人头枕着一个麻袋，一动不动地躺在驾驶舱里。红树丛里有枝条伸进驾驶舱，使得他躺的地方有块阴影。他听到风掠过红树丛的声音，看到了舱外的天空，一朵朵被强北风吹散的白云。

"风刮得这么大，会有人出来吗？"他寻思着，"这么大的风，谁会来找我们？"

"你真的觉得他们会回来吗?"那个黑人问。

"当然会来。"那个人说,"为什么不?"

"风太大了。"

"现在他们正在找我们。"

"这种天气,一定不会有人找咱们的。你为什么要骗我呢?"那个黑人说话时,嘴差点咬到一个麻袋。

"安静下来,韦斯利。"

"老大总是说得比唱得好听。"那个黑人接着说,"安静?我能安静吗?像条狗一样平静地死去不好吗?既然你把我带到这儿,你就得把我弄回去。"

"别激动嘛。"那个人又温柔地说。

"没有人会来的。"那个黑人说,"我知道一定不会有人来的。我觉得冷,我真的是又疼又冷,我受不了了。"

那个人直直地坐着,感到心里空落落的,身体摇晃着。那个黑人盯着他,看他用膝盖支起身体,右胳膊耷拉着,左手抓住右手支在双膝之间,他想让自己起来,拉住甲板边的木板。他终于站了起来,低头看去,那个黑人躺着。他的右手依旧夹在两腿之间。他觉得,他以前从来不知道痛是什么感觉。

"如果我能狠下心把它抽出来,应该就不会那么疼了。"他说。

"用挂带把它吊起来。"那个黑人说。

"我的胳膊肘已经弯不了了。"那个人说,"它现在僵硬了。"

"那我们要做些什么?"

"扔掉这些酒。"那个人对他说,"想办法把你够得着的那些麻袋丢到海里去?"

那个黑人挪了挪身子,试图拉动一个麻袋,结果他呻吟一声,又躺了回去。

"韦斯利，真的有那么疼吗？"

"噢，老天！"那个黑人说。

"你不觉得，如果动一动也许你就不觉得那么疼了？"

"我中了枪，"那个黑人说，"现在我动不了。我中了枪，老大，你还要我扔酒！"

"别激动，安静点。"

"你再这样说试试！我都快疯了！"

"别激动。"他还是慢条斯理地说。

"好疼！"那黑人大叫一声，他的两手在甲板上摸索，然后从舱口围板底下摸起一块油石。

"我一定要杀了你！"黑人说，"我要把你的心脏挖出来！"

"用那玩意儿可杀不了我。"那个人说，"安静点，韦斯利。"

那黑人把脸埋在一个麻袋上，抽抽噎噎地哭起来。那个人把一个一个装烈酒的麻袋从地上举起扔到海里。

第七章

他在扔烈酒时，发动机的声音传来。他顺着声音望过去，一艘船从礁石尽头顺着航道朝他们开过来。那是一艘只有一片挡风玻璃的船，舱房是白色和暗黄色的。

"快动手啊，韦斯利！"他喊道，"有船开过来了！"

"我真的动不了。"

"从现在起，我不会忘记的，"那个人说，"到这之前，可不是这种情况的。"

"好啊，记吧，"那个黑人说，"我也不会忘记的。"

这时，他们加快了干活的速度，很快的那人便汗流满面。他看着航道上缓缓开来的那艘船，同时用那只没受伤的手提起一个个装着烈酒的麻袋，往海里扔去。

"翻个身。"他伸手拿起那个黑人脑袋底下的那袋，胳膊一转，从船边把它扔进海里。那黑人坐了起来。

"他们来了。"他说。那艘船的一侧差点撞到他们的船。

"是威利船长，没错。"那黑人说，"船上还有游客呢。"

两个身着法兰绒上衣、戴着白布帽的男人正坐在白船船尾的钓鱼座上拖钓。一个戴着毡帽、穿着防风夹克衫的老人控制舵柄。这个老人让船紧挨着那片红树丛，从运酒船的旁边开过。

"嘿，哈里！"那个老人经过时叫嚷着。那个叫哈里的人没有回答，冲他摆了摆那条完好的胳膊。那艘船没有停下来，在钓鱼的那两个人看了看运酒船，然后对那个老人说着什么。哈里并没听到他们在说什么。

"他掉转了船头，在航道出口。"哈里对那个黑人说。他到船舱，取了条毯子。"来，我帮你盖上。"

"船应该在你帮我盖起来时就到了。我想他们肯定会看到这些酒。我们还应该做些什么呢？"

"威利是个好人，"那个人说，"他会对城里的人说，我们在海上。那两个钓鱼的人应该也不会影响我们。我们没有什么能引起他们留意？"

现在哈里站不稳了，感到摇晃得厉害，两条腿紧紧夹住右胳膊，坐回开船的座位上。他的双膝直发抖，随着这颤抖，他觉得上臂里的碎骨头正嚓嚓地响。他把两个膝盖分开，甩出那条胳膊，接着让胳膊垂在身旁。他垂着胳膊，坐在那儿，不一会儿，顺着航道那艘船又折了回来，经过他们的船边。那两个人坐在钓鱼座位上的在说话。其中的一个把钓竿收起来，另一个人正举着一架望远镜望着他们。因为离得太远了，他没有听见他们在说什么。就算听到了，也没什么用。

那艘出租的钓鱼船是"南佛罗里达"号，这会儿船正开在女人礁航道上。因为风浪太大了，那两个人拽着绳钓，没能让船开到外面的那座礁石那儿去钓鱼。在船上，威利·亚当斯寻思，原来昨晚哈里去横渡海湾了，这家伙的胆子可真够大。他肯定遭遇了严重的攻击。那船倒是一艘真的海船。不过仔细想一想，他的挡风玻璃被砸烂，可不是无缘无故的。再怎么样，像昨晚那样的黑夜我是不会去渡海的。再怎么样我也不会从古巴运酒进来。这会儿，他们全都是去马里埃尔①运酒进来。到那个地方运酒是开放的，没有人管。

"你刚刚在说什么，老板？"

---

① 马里埃尔（Mariel）：古巴比那尔德尔奥省一座城市。

"你知道那艘船是干什么的?"坐在钓鱼座位上的人问。

"那艘船是吗?"

"是,就是那艘。"

"是艘基韦斯特的船。"

"我想知道那是谁的船。"

"我不清楚,老板。"

"船主是打鱼的吗?"

"嗯,是的,听人说过。"

"你的意思是?"

"他做过很多的事。"

"你知道他的名字吗?"

"不清楚,先生。"

"可你刚刚叫他哈里来着。"

"没有啊!"

"可是我刚才明明听到你叫他哈里来着。"

威利·亚当斯船长认真地端详着那个跟他说话的人。那人长着高高的颧骨、嘴唇薄薄的、脸庞红红的、眼睛是灰色的具有严重陷去。他带着轻蔑的神情,从帆布帽底下看着威利·亚当斯船长。

"要是我那么叫了,一定是弄错了。"威利船长说。

"博士,那个人应该受伤了。"另一个把望远镜递给他的伙伴时说。

"我不用望远镜也可以看到。"那个被叫作博士的人说,"他到底是谁?"

"恐怕我不清楚。"威利船长回答。

"好了,我想你会清楚的。"那个嘴角上带着轻蔑神情的人说,"把船头上的号码记下。"

"我记了，博士。"

"我们过去看看。"那个博士说。

"你是个医生^①对吧？"威利船长问。

"不算医学博士。"那个生着灰眼睛的人回答说。

"你如果不是医生的话，我想我是不会往那儿开的。"

"为什么？"

"他要是需要我们帮助的话，他会向我们发出信号的。他要是不需要我们帮助，我们就管好自己的事得了。我们这里，每个人都只管他们自己的事。"

"那好，你就管好自己的事情吧。现在送我们到那艘船上去。"

威利船长的船一直在航道上开着，那艘两汽缸的帕默尔船在四平八稳地喷着气。

"你没有听见我说的话吗？"

"听见了，先生。"

"那你为什么不按照我说的话做？"

"你以为自己是什么人？"威利船长问。

"不重要。你只要按照我的话做就可以。"

"你以为你是谁啊？"

"好。我告诉你，我是当今美国三个最重要的大人物其中之一。"

"那你到基韦斯特来干吗？"

另一个人探出去了身子，"他就是弗雷德里克·哈里森。"他摆出一副公事公办的样子。

"那是谁，我没有听说过。"威利船长说。

---

① 在英语中，博士和医生是同一个单词。

"到时候，你就会知道了。"自称为弗雷德里克·哈里森的人说，"等我把这个臭气熏天的偏远小城端掉，这里的每个人就都听说过我了。"

"看不出你挺厉害的，"威利船长说，"你什么时候变得这么重要？"

"他是政府里最大的大人物的其中一个。"另一个说。

"胡扯！"威利船长说，"如果他是这样的一个人物，那他还待在基威斯特做什么？"

"他现在来这儿就是休假而已。"那个秘书说明情况，"马上他就要上任总督——"

"行了，威利斯！"弗雷德里克·哈里森打断他道，"现在你可以把我们送到那艘船上去了吧？"他微笑着说。他这种微笑似乎就是为这种场合预备的。

"不可以，先生。"

"听我说，你是个愚蠢透顶的捕鱼人。我会让你尝尽苦头的，甚至连日子都过不成——"

"随便你。"威利船长说。

"你还不了解我的为人。"

"对这些我一点兴趣都没有。"威利船长说。

"这人是走私烈酒的，对吧？"

"你在说什么，我听不懂！"

"说不定还有悬赏捉拿他呢！"

"我不相信。"

"他就是一个犯罪分子！"

"他自己必须吃饱肚子，还有家庭，要养活一家人。在这里的人给基韦斯特政府干活，每个星期的收入只有六块半。你到底想要干什么？对所有人都赶尽杀绝吗？"

"他受伤了，说明他碰到麻烦了。"

"或许是他自己觉得好玩才不小心打伤自己的。"

"你用不着这么冷嘲热讽的。你只要把船开到那边，我们去把那人和船带回去扣起来。"

"他们会被扣到哪儿？"

"就在基韦斯特。"

"你是当官的吗？"

"我刚刚告诉你他是什么样的人物。"那个秘书说。

"好吧。"威利船长说。他猛地把舵柄推到一边，把船头掉转，船偏向航道那边，一团旋转着的泥浆被螺旋桨搅起来。他的船磕磕绊绊地开往河道，停在了红树丛边的那艘船附近。

"你的船上有枪吗？"弗雷德里克·哈里森问威利船长。

"先生，我没有准备。"

这时，这两个身着法兰绒衣服的人站着望向那艘非法贩运烈酒的船。

"博士，我觉得这比钓鱼有意思吧？"那个秘书说。

"钓鱼算什么，简直没有任何意思。"弗雷德里克·哈里森回答，"比如说你钓到一条旗鱼，你又能做些什么？你又吃不了。还是这种事情比较有意思。亲眼看到这种事让我感到很兴奋。可以看到那个人中了枪，他肯定跑不了。现在海上起了风浪。咱们又认得他的船。"

"你甚至一个人就可以把他逮住。"那个秘书拍着马屁。

"当然了，还要赤手空拳。"弗雷德里克·哈里森接着说。

"还没有联邦调查局的人来搅局。"那个秘书说。

"埃德加·胡佛①把自己的名声宣传得太夸张了。"弗雷德里

---

① 埃德加·胡佛（John Edgar Hoover，1895—1972）：1924 年至 1972 年间的美国联邦调查局局长，臭名远扬的反共分子，曾很长时间受进步舆论谴责。

克·哈里森说，"我认为是咱们给了他肆意妄为的自由。现在把你的船并排着靠过去。"他对威利船长说。

威利船长松开离合器，凭船自由地漂着。

"嘿!"威利船长冲另一艘船大叫道，"听好了，你们! 你们千万别把头抬起来。"

"发什么了什么事?"哈里森勃然大怒。

"安静。"威利船长接着说，"嘿! 听好了。别慌，你们躲进城去。先把船扔在这里。他们说会扣住你的船，所以你赶快扔掉货，躲到城里去。有个华盛顿来的密探，在我的船上，非常能干。他说自己是比总统还要厉害的人物呢! 他想抓你。他已经记下了你的船号，因为他认为你正在走私烈酒。虽然我未曾见过你，也不知道你是谁。我并不能确定——"

两艘船不知道被谁荡开了。威利船长依旧坚持地喊着："我真的不记得我是否在哪儿见过你。我也不清楚为什么会到这儿来。"

"好的，我知道了。"从走私烈酒的船上传来一声喊叫。

"现在我送这个自吹自擂的大人物钓鱼去，我会想办法拖到太阳落山。"威利船长大喊。

"好。"

"他很喜欢钓鱼。"威利船长的嗓子都喊哑了，还在继续大叫着。"但是这个愚蠢的家伙说什么你吃不了鱼。"

"兄弟，谢谢了!"传来哈里的声音。

"那小子是你的兄弟?"弗雷德里克·哈里森问，他显然生气了，脸色通红，不过依旧雀跃着一颗八卦的心。

"不是的，先生，"威利船长说，"在船上的人大多数都以兄弟相称。"

"现在咱们是到基韦斯特去吧?"弗雷德里克·哈里森带着犹

豫的语气说。

"不是的，先生。"威利船长说，"既然您两位租了一天我的船。我当然要让你的钱花得物有所值。虽然你说我是个愚蠢透顶的人，但是我还是会让你们一整天在船上坐着。"

"送我们到基韦斯特去。"哈里森说。

"当然了，先生。"威利船长说，"等一下。先生，你们听好了，旗鱼与无鳔黄鱼是一样的，它的味道，美极了。我们经常带那种鱼到里奥斯去卖，提供给哈瓦那的市场。他们的价钱也是一磅一毛钱，和无鳔黄鱼一样。"

"闭嘴！"弗雷德里克·哈里森说。

"我还以为你们公务人员想了解这些情况呢。你不管我们的食物价钱这样的事吗？不可能吧？把食物的价钱或者其他东西的价钱抬得更高？现在是要提高粗燕麦粉的价钱，还是要压低熏咸肉的价钱？"

"我说了，闭上你的嘴！"哈里森说。

第八章

哈里在走私船上把最后一麻袋烈酒扔进海里。

"把我的鱼刀递过来。"他对那个黑人说。

"刀不见了。"

哈里启动了自动启动器，让两台发动机转起来。出租钓鱼船这个行当在大萧条①时期变得一塌糊涂，他开始走私运烈酒了，于是在船上安装了两台发动机。他取出斧头，用左手砍断绕在系缆桩上的锚缆，酒就沉下去了。他分析，他们如果找到了这批货，一定会用抓钩捞起来的。

他想，我要将船开进要塞湾②去，如果他们想要扣船的话，也绝对不会放过我的。我必须去找个医生，我既不想弄丢了船，也不想折了胳膊。那批货的价钱跟那艘船的价钱差不多，其实没砸烂多少，只是稍稍损失了一点，气味本来就很冲嘛！

他把左边的离合器向上推，两台发动机稳稳地运转起来，顺着潮水让船从红树丛旁转出去。威利船长的船这时就在两英里外，向大博卡开去。哈里寻思，眼下潮水涨得够高了，我应该能穿过那些湖了。

他把右边的离合器向上推，并推动油门杆，同时发动了两台发动机。他感觉到了渐渐升高的船头。红树丛根旁的水被船吸掉了，船迅速地从绿色的红树丛驶过。他心想，但愿我的船别被他们扣，但愿我的胳膊能被接好。我们光明正大地在马里埃尔来来

---

① 大萧条：指 1929 年起至 20 世纪 30 年代初的世界经济大萧条。

② 要塞湾：卫戍要塞所在的梅湾。

回回地跑了半年之后，谁想到他们居然会在那儿冲我们开枪。古巴人就是这副德行。有人只要收不到钱，就要有人挨枪子儿。

"嘿，韦斯利。"他回头向驾驶舱望去并喊道。那个黑人身上盖着毯子，躺着在那儿。"现在，你的感觉怎么样？"

"糟糕透啦！"韦斯利说，"我的上帝。"

"等那个老医生帮你检查伤口时，你才会觉得更糟。"哈里说。

"你就像个畜生一样！"那个黑人说，"你没有一点人性。"

那个老威利干得好，那个老威利是个好样的。我们进城去和坐以待毙一样都是在干蠢事。我的头真的很晕，人也觉得难受，突然间我变得没主意了？

这时候，他想绕过码头，到要塞湾去。他看到了前面出现的海螺壳旅馆的雪白色建筑物，和城里的一根根无线电天线杆和一幢幢房子。他看到了停在特朗博码头上的一艘艘汽车渡轮，那个老威利，他继续想。他刚才在不停地数落，那两个不知道从哪里来的狗仗人势的家伙。我现在觉得糟透了，真的有点挺不住了。我们应该回去，不在这里傻等。

"哈里先生，对不起。"那个黑人说，"我感到十分抱歉，不能帮你扔掉那批货。"

"妈的，"哈里说，"没有一个黑人在中了枪之后，还能做什么事。你是个顶好的黑人，韦斯利。"

哈里似乎听到一个声音响了起来，可是他甚至听不到发动机的轰鸣声，也听不见船在水中行驶的劈水声。他心里明白，那是他心中莫名其妙的、空落落的回响罢了。他每次出门返回时总能感觉到。哈里在心里默念祈祷希望他们能治好自己那条胳膊，因为自己那条胳膊还有大用场呢！

第三部　哈里·摩根（冬）

第九章　艾伯特说

我们都在弗雷迪的酒馆里。一位身材高瘦的律师走进来，大声问："胡安在哪儿？"

"他还没回来呢。"有人说。

"他已经回来了，我知道，我就是要找他。"

"你是得找他，是你把他的消息告诉他们的，让他受到控告。现在你可是要为他辩护了。"哈里说，"你到这儿是找不到他的。你已经完全摆布不了他了。"

"你乱说些什么呀！"那个律师说，"我给他找了个事做。"

"他现在不在这里。"哈里说，"你还是去别处找吧。"

"我真的给他找了个事做。"那个律师说。

"别在这儿假慈悲了。你这人简直坏透了，简直就是头顶生疮，脚底化脓了。我见了你就恶心！"

就在这个时候，那个卖计生用具的老人，披着长长灰色头发进来了。他来买四分之一品脱朗姆酒。弗雷迪给他倒了酒，他塞上瓶塞，带着瓶子匆匆地回到街对面去。

那个律师问哈里，"你的胳膊怎么了？"因为他看见哈里将一个衣袖别在肩膀上。

"我把它砍掉了，因为我不喜欢它。"哈里说。

"你？谁跟你一起把它砍掉了？"

"当然有个医生。"说完哈里继续喝东西，也继续讽刺着眼前这个人，"我就待着不动，医生就把它砍掉了。如果人们会把所有伸向别人口袋的双手砍掉，那你的双手双脚早就没了。"

"真不知道发生了什么事，为什么他们一定要把它砍掉呢？"那个律师问他。

"你少管闲事！"哈里回答他。

"别这样生气，我也只是关心你。到底发生了什么事？你去过哪儿？"

"你关心别人去吧。"哈里说，"现在你可以闭嘴了，别在我这里胡说八道。"

"我有话跟你说。"那个律师说。

"说啊！"

"咱们不在这儿说，换个地方去后面吧。"

"我不想跟你说话。你带来的一般都不是好消息，你让人反胃。"

"我有事找你，这回真的是好事。"

"行啊！那我就听一次。你说说是关于什么的？胡安的？"

"不，跟他没关系。"

在吧台拐弯处的后面，那里有一个一个的小房间，他们到了那里。他们离开了好一阵子，走开时，有两个姑娘一起走进来，是大露西的女儿和那个总和她在一起的姑娘，她们喝着可口可乐，坐在吧台前。

"人们说过不让姑娘们在傍晚 6 点之后上街，也不准姑娘们进酒馆。"弗雷迪对大露西的女儿说。

"的确是有人这么说过。"

"城里会变得一团糟。"弗雷迪说。

"确实城里现在是一团糟。你出门只是为买一份三明治和可口可乐，他们就会抓住你，罚你十几块钱。"

"现在他们到处找所有人的碴儿，"大露西的女儿接着说，"才不管你到底是不是正经女人。"

"这个城市如果看起来还是这么风平浪静的，其实情况会更糟。"

就在这时，哈里和那个律师又来到了外面，只听那个律师说："好吧，你一定会去的，对吗？"

"为什么不带他们到这儿来？"

"不行。你得去那边，他们不愿意到这儿来。"

"行啊。"哈里跟着来到吧台前面，那律师则一直向外走。

"你想喝点儿什么，阿尔①？"哈里问道。

"巴卡迪②。"

"弗雷迪，我们要来两杯巴卡迪。"接着，他的身子转向我，说："你现在在做什么，阿尔？"

"做救济的工作。"

"具体做什么？"

"比如说通下水道、拆旧有轨电车的铁轨什么的。"

"做这个能赚多少钱？"

"七块半③。"

"是一星期的工资吗？"

"当然，你还想怎样？"

"那你竟然还来这里喝酒？"

"在你请我之前，我一直没喝成。"

他微微靠近了些，问道："你想出趟门吗？"

"那要看干什么。"

"这个咱们可以细聊。"

"好的。"

---

① 阿尔：艾伯特的昵称。
② 巴卡迪（Bacardi）：某种古巴朗姆酒的牌子。
③ 七块半，上文威利说六块半一礼拜，此处艾伯特说七块半一礼拜。译文按原作直译。

"回见，弗雷迪。"他回头说道："走，出门，上车。"他喝得稍微有点多，呼吸比平时急促了些。我走的那条路路面已经被挖开了，这是我们整天干活的街道。他的车停在一个拐角，我们一直走到那个地方。

"上来。"他说。

"现在我们要去哪儿？"我问他。

"我现在还不清楚，"他说，"马上我就可以弄明白。"

我们的车开在怀特海德街上，他一言不发。车开到这条街的尽头，他向左拐了。汽车带着我们穿过城市的边缘，一直来到怀德街，又从这条街径直开向海滩。开车期间，哈里始终沉默着，一言不发。我们的车拐进了沙路，从沙路开进了林荫大道。到了林荫大道，他把车开到人行道旁，刹车。

"我的船有几个外国人想租了出门。"他说。

"可你的船被海关扣了。"

"那些外国人又不知道。"

"他们要出门做什么？"

"说是要送一个人去古巴，非去不可的。那个人到古巴既不能乘飞机，也不能坐船。这是蜜蜂嘴告诉我的。"

"他们是要干这件事吗？"

"是的，就是这件事。自从革命到现在一直是这样。听起来一点问题也没有，很多人都是那么走的。"

"我们怎么解决船的事？"

"咱们必须想办法把船弄出来。我的船被他们弄坏了，开不了了。"

"那你打算怎么做？"

"我一定会把它搞到手的。"

"那咱们回来时怎么办？"

"办法我一定可以想出来的。如果你不想去，可以告诉我。"

"干这件事如果能挣钱，我会去的。"

"听着，"他说，"现在你每星期挣七块半。你有三个孩子在念书，中午得吃饭。你一家人的肚子都填不饱，现在我给你的就是一个挣点小钱的机会。"

"可你没说有多少钱啊！必须有钱挣，我才冒风险啊！"

"现在，不管什么风险，都赚不了多少钱。"他说，"看看我。以前在这个季节我经常送人出海钓鱼，那时每天也可以赚三十五块。可为了运一批烈酒，倒霉了，我不但中了枪，还弄丢了一条胳膊，我的船也被扣了。但是，我可以肯定地跟你说，我的孩子们不会挨饿，我也不会去帮政府挖下水道，拿一份无法养活孩子们的工钱。我不知道是谁制定了法律，但是我知道没有一条法律规定你得挨饿。"

"我参加了反对工资太低的罢工。"我对他说。

"可是你不是回去工作了吗?"他说，"他们说你一直在工作，还参加了罢工反对救济，这样是不对。你也从没要求过别人的救济。"

"现在也的确没有工作能挣到可以养活家人的工资。"

"为什么?"

"我不知道。"

"我也不知道。"他说，"我只知道我要养活一家子，我们活的日子也要和别人的一样长。我听说的，他们是想让你们这些本地人一直挨饿，逼你们活不下去，从这里离开，然后就烧掉你们的窝棚，盖起有套间的公寓，将这里变成一个旅游城市。我还听说他们已经把一块块土地买下来了，接着，就等着穷人们饿得待不住了，离开这里去别的地方后，他们就会把这里建成一个迷人的旅游胜地。"

"你像个激进分子。"我说。

"我是什么激进分子呀!"他说,"时间长了,我肚子窝了一团火罢了。"

"你丢掉了一条胳膊,心里肯定不好受。"

"别提了,丢掉一条胳膊而已,更糟糕的事还有很多。"他说,"不要再说这个了。"

过了一会儿,他又说:"我还有另外两样重要东西。"然后,他发动汽车,说:"咱们一起去会会那些家伙。"

我们从林荫大道上开过去,风轻轻吹着,有几辆汽车开过。风里飘来死海藻的气味,这是涨潮时留下的痕迹。我真的一直很喜欢哈里,以前我和他一起在船上工作过很多次,但是自从他丢掉胳膊之后,就变了。来旅游的那个华盛顿浑蛋递交了一份宣誓陈述书,说他看到有人在那艘船卸烈酒,船就被海关扣了。只有在船上,我才觉得他很好,丢了船,他的魂也丢了。我觉得,有个借口去偷船他挺高兴。他知道他无法保住那艘船,但是他或许可以利用船在他手里时,挣到一笔钱。我确实非常需要钱,但我不想惹任何麻烦。我对他说:"哈里,我真的不想惹麻烦。"

"还有什么麻烦能比你现在挨饿更糟糕呢?"他说。

"我可以吃饱。"我说,"你干吗总说我挨饿?"

"可能你没有,但是你的孩子们在挨饿。"

"好了,你别说了。"我说,"你别再说这些了,我愿意为你工作。"

"可以,"他说,"但是,如果你确定想做这件事就别犹犹豫豫的。在这里我可以找到很多人做这件事。"

"我想做,"我说,"我说过了,我想做。"

"那好,开心点。"

"我觉得你才应该开心点。"我说，"你现在的样子真的像个激进分子。"

"嗯，我们都开心点。"他说，"你们这些本地人都胆儿小。"

"你从什么时候开始不是本地人了？"

"从我第一次吃上好饭之后。"

现在他说的每句话都带着火药味，他从小就不是个有同情心的人，连对自己也这样。

"那也算？"我对他说。

"别着急。"他说。

我看见，在我们前面的那所房子在发光。

"咱们就在这里跟他们碰面。"哈里说，"说话的时候你要小心点。"

"你别废话！"

"别生气了。"说完哈里将车拐上了车道，车被开到了房子后面。我一直以来都挺喜欢他，虽然他这个人非常霸道，说话也很冲。

我们下了车，从房子后面的厨房走了进去。那个男人的妻子在炉灶前煮东西。"嘿，弗雷达，"哈里对她说，"蜜蜂嘴呢？"

"他很好，在里面，哈里。艾伯特，你好！"

"你好，理查兹小姐。"我认识她，她以前经常出现在那些乌烟瘴气的地方。城里几个干活最得力的已婚妇女，在结婚之前她们通常是做卖笑这类买卖的，可她是个干体力活的女人，我说的一点都不假。

"你家里人都还好吧？"她问我。

"他们都很好。"

穿过厨房，我们来到房间。那个律师蜜蜂嘴，和四个古巴人围坐在桌子旁。

"坐啊，"他们几个人中有一个用英语说道。他的身材粗壮，脸盘很大，声音低沉，恶狠狠的样子，看了就知道喝多了。"你叫什么名字？"

"你呢？"哈里说。

"行了，"这个古巴人说，"你看着办吧，不说就算了，你的船呢？"

"我的船停在泊游艇的内港里。"哈里说。

"这人是谁？"那个古巴人望着我问道。

"我的助手。"哈里说。那古巴人上下打量着我，另外两个人则端详着我们俩。

"他看起来好像没吃饱似的。"那个古巴人说完后笑了起来，"你要喝一杯吗？"

"行。"哈里说。

"想喝点什么，巴卡迪？"

"给我来点和你们一样的就好了。"哈里对他说。

"你助手能喝吗？"

"我可以来一杯。"我说。

"还没人问你要不要喝。"那个大个子古巴人恶狠狠地说，"我只是问你喝不喝酒。"

"别这样，罗伯托。"另一个年轻的古巴人说道。他一副孩子气，"你别总这么凶了吧唧的。"

"你什么意思？我怎么凶了？我只不过问他能不能喝酒罢了。如果你找个人帮你工作，难道不应该先问问他能不能喝酒？"

"好了，给他一杯酒。"另一个古巴人说，"我们现在说点正事。"

"租你的船要多少钱，大老板？"那个叫罗伯托的古巴人用深沉的嗓音问哈里。

"你们要用它做些什么。"哈里说。

"送我们四个到古巴去。"

"古巴的哪儿?"

"卡瓦尼亚斯①附近,也就是与里埃尔海岸那儿。"

"它在哪儿你知道吧?"

"知道,"哈里说,"就送你们到那儿?"

"当然。只要一送到,我们就直接上岸。"

"三百块。"

"太贵了。如果我们按天数租你的船呢,租两个星期,多少钱?"

"一天四十块。不过你得预付二千五百块押金,这是为了预防船出事,作为赔偿金的。我需要报关吗?"

"不需要。"

"汽油费你们要自己负责。"哈里对他们说。

"你把我们送到,我们付你两百块,你送我们上海岸。"

"不行。"

"你想要多少?"

"我说过了,三百块。"

"太贵了。"

"这哪里贵啊?"哈里说,"我不知道你们是什么人,你们要做什么事,谁会向你们开枪。但无论如何我得在冬天横渡海湾两次,我在拿我的船赌博。我答应送你们过去收两百块,但你们为了防止我的船出事,你们得先付一千块作押金。"

"可以。"蜜蜂嘴对他们说,"这完全合情理。"

四个古巴人用西班牙语交谈。虽然我听不懂他们的话,但是

---

① 卡瓦尼亚斯(CabanAs):海港城市,位于古巴比那尔德里奥省。

哈里听得懂。

"好的。"那个大个子罗伯托说,"什么时候可以出发?"

"明天什么时候都可以。"

"可能我们要到了天黑之后才能走。"他们中有一个人说。

"没问题,"哈里说,"但是要及时通知我。"

"你的船现在怎么样?"

"当然没问题。"哈里说。

"那艘船看起来很漂亮。"他们中的那个年轻人说。

"我的船你在哪里看到的?"哈里问道。

"西蒙斯律师指给我看的。"

"哦。"哈里说。

"来一杯。"另一个古巴人说,"你以前去过古巴吗?"

"是的,去过几次。"

"会讲西班牙语吗?"

"会一点。"哈里说。

我看到那个律师蜜蜂嘴盯着哈里,不过他自己也不老实。就像他找哈里说这事时,来到酒店也没直截了当地说,而是假装要见胡安·罗德里格斯。胡安是个穷加利西亚人,坏透了,甚至连他亲妈的东西都偷。蜜蜂嘴让他受到控告,这样还能帮他辩护。

"西蒙斯先生,"那个西班牙人说。"你的西班牙语讲得很不错。"

"他学过。"哈里说。

"航海你会吗?"

"我来去自如。"

"你是靠打鱼为生的吗?"

"是的,先生。"哈里说。

"你是如何用一条胳膊打鱼的?"那个大脸盘的古巴人问。

"我打鱼时的动作可以快两倍，"哈里对他说，"你还想知道我其他的什么事情吗？"

"没了。"

他们又在用西班牙语交谈了。

"那我先走了。"哈里说。

"关于你的船的事，我一会儿告诉你。"蜜蜂嘴对哈里说。

"得先付一些钱。"哈里说。

"明天我们会办这件事的。"

"那好吧，再见。"哈里对他们说。

"再见。"那个说话好听的年轻人说。

那个大脸盘的古巴人一直沉默着。整个期间，另外两个长得很像印第安人的人，始终沉默除了偶尔用西班牙语和那个大脸盘交流之外。

"我等会儿去找你。"蜜蜂嘴说。

"在哪里？"

"弗雷迪酒馆。"

我们回去时又路过厨房，我听到弗雷达问："玛丽好吗，哈里？"

"她现在挺好的，"哈里对她说，"心情好多了。"

我们上了汽车，他的车沿着林荫大道开着，一路上一言不发。他一定是在琢磨刚才的事。

"现在，我送你回家吗？"

"可以。"

"现在你住在县公路边？"

"对呀！这次的活怎么样？"

"我不知道。"他说，"明天见。"

他开车把我送到家门口。门还没打开，我就听见妻子在屋里破口大骂，说我就知道在外面闲逛、喝酒，这么晚才记得回家吃饭。

　　我走进屋里告诉她，我没有喝酒，没钱。可她笃信我会为了喝酒赊账。没有人会给我赊账，因为我做的是救济工作。可她仍然让我滚远点，免得酒气熏到她。我的孩子们全部都去看垒球赛了，我在餐桌旁坐下，她端出饭菜来后，就不再搭理我了。

第十章

　　我本不打算惹麻烦，可现在还有什么选择呢？我不知道除了做这件事之外，自己还能做什么呢？虽然我不想卷进麻烦里，可如果除了非干不可没有其他的选择那就干吧。也许我不应把艾伯特带上。他看起来很蠢，但他性格十分直爽，而且在船上时，他真是一个好帮手。他并不容易被吓倒，但是我不知道是否应该带上他。至少我这次一定不会带一个酒鬼或者黑人了，我必须带一个能够依靠的人。如果我们干成了，他该得的那一份我一分不会少给的。当然了，这些话我是不会和他说的，否则，他会不想蹚这浑水了。单打独斗也是个不错的主意，可是我真的需要一个帮手。虽然单打独斗对有些事是比较方便，可是这件事我觉得单枪匹马对付不了。蜜蜂嘴是唯一棘手的，他肯定什么事情都知道。当然对于这一点他们肯定也会意识到。难道蜜蜂嘴会蠢到不明白他们要做什么吗？我想不会的。话说回来，或许他们并不打算那样做，或许他们根本不干那样的事。不过反过来想，就算他们干了那种事情应该也是正常的，而且我听到了那个词。如果他们真的打算那样做，就必须趁它关门时做，否则，他们将会遇到从迈阿密飞来的飞机，那是海岸警卫队的飞机。这个季节，下午6点钟天就黑了。飞机来回超过了一个小时。如果天黑了，他们就闲了。我必须想法子弄到船，才能送他们过去。这对我而言并不算难，但是，如果我今晚把船弄出来，他们发现船不见了大概会到处找的。其实无论如何，我想这件事都会闹得满城风雨。但是，我只有等到今晚才可能把船弄出来。我打算趁涨潮时动手偷船，再把船藏好。到时候，我还得看看船上有什么东西被他们卸掉了，我要处理一下。但是，我必须加满汽油和水。看来，我真要忙一晚上了。船被我藏好了，艾伯特他们用一艘快艇送了过来。我可以租用沃尔顿的船，或者让蜜蜂嘴跟他租。那样会好些。蜜蜂嘴今晚就能帮我弄出那艘快艇。蜜蜂嘴的胆子很大。我能完全肯定他们铁定了解过蜜蜂嘴，说不定连我和艾伯特他们都了解过了。他们当中有谁看起来像海员吗？容我想想……大概有。或许就是那长得比较讨喜的；又或许是他，那个小年轻。现在我必须搞清楚情况，因为如果他们从一开始就不想找艾伯特或者我，也不是不可能的。迟早他们会干掉我们。但是，在海湾里，我是有时间仔细考虑的。我必须考虑清楚，认真的、从头到尾，我不可以再出任何差错，一次都不行，绝对不可以。行了，我现在要好好想想某些事，不光要想清楚到底会发生什么事，还得搞清楚一些别的事情。如果不考虑清楚的话，我用来挣钱过日子的船，可能会失去。蜜蜂嘴惹到了什么麻烦，他自己是不知道发生了什么事，他甚至不会想到。我希望快点在弗雷迪那儿跟他见面。今晚我有好多事要做，最好我先去吃点东西。

第十一章

蜜蜂嘴大约在9点半来到了那家酒馆。我猜想，在理查兹家时，他们给他灌了不少，因为他只有在被灌多了之后，才会看起来神气活现的，而他进来时，就神气活现。

"嘿，大老板。"他对哈里说。

"别这样叫我。"哈里对他说。

"我有话跟你说，大老板。"

"我们在哪儿？后面你的办公室里怎么样？"哈里问。

"好的，就在后面。那儿有人吗，弗雷迪？"

"没有人，自从颁布了那条法律以后就没有了。不知道这条下午6点钟之后不准姑娘们进酒馆的法律他们想维持多久。"

"你为什么不聘我对这条法律做点儿什么？"蜜蜂嘴说。

"下地狱去聘你吧。"弗雷迪对他说。

他们俩走到后面，那里是一个一个隔着的小房间，堆着一箱箱空酒瓶。

哈里朝里看去，天花板上有一盏灯，他把一个一个黑乎乎的小房间看了一遍，确认没有人在那些房间里。

"说吧。"他说。

"大后天黄昏时他们需要船。"蜜蜂嘴跟他说。

"他们想干什么？"

"你懂西班牙语，对吧？"蜜蜂嘴说。

"你没跟他们说这个吧？"

"咱俩是哥儿们，我怎么会跟他们说。"

"可你连你亲妈都出卖。"

"你别胡说。"

"你几时开始变得无法无天了？"

"我在这儿待不下去了，我得离开这儿。我需要一笔钱。你懂的。"

"这个谁都知道。"

"他们是怎么一直用绑架跟其他手段筹集经费资助革命的，你是知道的。"

"当然，我是知道的。"

"这一次也是这种事情。他们是在为一个伟大的目标做这件事。"

"对。这是生你养你的地方。你熟悉这里的每一个人。"

"不会出任何事情的。"

"跟那些家伙在一起？"

"我一直以为你胆子挺大的呢！"

"我不是胆子小，你不用担心这个。但我还打算继续在这儿过日子呢。"

"我不想了。"蜜蜂嘴说。

上帝，哈里心想他自己也说过这种话。

"好了，我走了。"蜜蜂嘴说。

"船你什么时候去弄出来？"

"今晚。"

"谁帮你？"

"你。"

"船被你放在什么地方了？"

"放在我一直放船的地方。"

就像哈里设想的那样，把船弄出来倒不是很简单。每个小时的正点那个值夜班的守卫员只巡逻一次。其他的时间，他就待在老海军码头的大门前。在退潮的时候，他们乘着一艘小艇进入内港，把拴船的缆绳割断。接着那艘船就被小艇拖着，漂了出去。船被弄到外面的航道上之后，哈里仔细地检查了一遍发动机，发现配电器盖只是被他们卸开了。他查了查汽油，发现船上还有将近一百五十加仑。他上次横渡海湾时剩下的都在，他们居然没有把汽油从油柜里吸走。就在他们出发之前，他把油箱加满。海面上的风浪很大，在横渡海湾时他们必须把船开得很慢。

"我已经在家里的油箱里准备了汽油。"他对蜜蜂嘴说，"要是需要的话，我们能用小口大酒瓶用汽车带一些，另外一批艾伯特也能带。我把船停在公路交叉的小河那儿。他们可能坐汽车来。"

"他们让你直接待在波特码头。"

"我怎么可能把船停靠在那儿？"

"当然不行，我估计他们根本不会坐汽车。"

"好吧，我们今晚就把船停在那儿。我把需要做的事情都做好，会加满汽油，然后移走船。你可以租一艘快艇，把他们送出来。现在你把小艇划过来，汽车再开到外面的桥那儿。大约两个小时后我会到公路那儿。我会把船留下，到公路上去。"

蜜蜂嘴对他说："放心，我会开车去接你的。"然后哈里把发动机的速度慢慢减小，那样，船可以轻轻地穿过水面。船拖着小艇，被他拐了一个弯，一直拖到拴缆船的锚泊灯灯光照亮的范围里。他松开离合器，稳住小艇，这时，蜜蜂嘴也登上了小艇。

"差不多两个小时。"他说。

"好。"蜜蜂嘴说。

坐到驾驶座上的哈里，黑暗中船缓慢地开着，成功地避开码头前面的灯光。他在寻思着，蜜蜂嘴果真在为钱干活？不知道到他的手能有多少钱，我真想搞清楚他到底是怎么跟那些家伙勾搭在一起的。这个人是个好律师，他之前有过好的机会。但是，听他自己说这些，叫我觉得浑身发凉。的确他在自吹自擂了。我每次听到他吹牛皮时，直觉的心里发毛。

第十二章

　　进屋时，他没有把灯打开，在过道里就把皮靴脱掉，穿着袜子走在没有铺地毯的楼梯上。他脱掉了外衣，只穿着背心躺到床上。这时在黑暗中，他的妻子醒了，对他说："哈里？"

　　他回答说："睡吧，老太婆。"

　　"哈里，发生什么事了吗？"

　　"我要出一次远门。"

　　"哦，你和谁一起去。"

　　"还不一定呢，也许是艾伯特。"

　　"用谁的船？"

　　"我自己的船弄出来了。"

　　"什么时候？"

　　"今晚。"

　　"哈里，你这么做会坐牢的。"

　　"没有人知道我弄到了船。"

　　"船，你藏在哪儿了？"

　　"放心吧，我藏好了。"

　　他一动不动地躺在床上，感觉到她的嘴唇贴到他的脸上，接着她的手放在了他的身上。他翻身紧紧地贴着她的身子。

　　"你想吗？"

　　"现在，很想。"

　　"我刚刚睡着了。你记得我们睡着了做这事的时候吗？"

　　"这条胳膊你介意吗？你不觉得它可笑吗？"

"真傻。无论什么样子的你，我真的都喜欢。"

"它就像蠵龟的鳍。"

"你不是蠵龟。它们真的一干就是三天吗？一干就要干上三天？"

"当然了。声音小点，女儿们不要被吵醒了。"

"我的感觉有多好，她们不知道。她们永远也不知道。噢，我的宝贝儿。噢，哈里。没错。"

"等一下。"

"我不想等了，来吧。没错，就是这里。你跟我说说，有跟黑小妞做过这事吗？"

"当然做过。"

"你的感觉怎么样？"

"像须鲨。"

"哈里，你太幽默。我真希望你不用再去了。告诉我，你跟谁做过的，感觉最好？"

"你。"

"你骗人。你一直在骗我。啊……"

"我没骗你。真的，你是最好的。"

"我年纪大了。"

"可是你却永远年轻。"

"来啊！哦，来啊！把那截剩下的胳膊放在那儿。坚持住！坚持住！"

"我们小声点，会吵到孩子们。"

"怎么会？"

"天亮之前，我必须出门。"

"你睡吧，天亮了，我会叫你的。等你回来了，我们能美美地过日子了。我们像过去那样到迈阿密的一家旅馆去，去一个他们永远也找不到的地方。为什么我们不能去新奥尔良①呢?"

"我们可以去。"哈里说,"玛丽,我现在必须得睡了。"

"我们会去新奥尔良吗?"

"一定会的,我现在想睡觉了。"

"睡吧。我的大宝贝儿。快点睡吧。不要担心,天亮我会叫你起来的。"

哈里睡着后,她躺着看了他很长时间。通过窗外的街灯灯光她能把他的脸看得一清二楚。她想:我真是走运,不知道那些个姑娘得到的是什么样的人。他虽然失去了一条胳膊,但我不在乎。无论他变成什么样,我都不介意。我觉得能够碰到他自己真是太幸运了。现在看他睡着的样子真像一个小孩子。我最好别睡了,那样就不会错过叫醒他的时间。

还差两个小时就要天亮了,他们走出屋子,来到车库内,把一个个小口大瓶子装满汽油,塞上瓶塞,再搬到汽车后备箱里。哈里断了的右胳膊被装了一个铁钩,他熟练地挪动并举起套着柳条筐的小口大瓶子。

"你不吃早饭吗?"

"我回来后再吃。"

"那你要喝杯咖啡吗?"

"你煮了吗?"

"是的,我们出来的时候,我就把它煮上了。"

"那就给我端一杯吧。"

黑暗中她端出了咖啡,他坐在汽车的轮胎边,喝咖啡。她接过杯子放到车库的架子上。

"我可以跟你一起去,帮你搬那些瓶子。"她说。

---

① 新奥尔良(New Orleans):美国路易斯安那州东南部港市。

　　"行。"他把她接上车，坐到他旁边。她的个子很高、腿很长、手很大、屁股很大，是个风韵犹存的女人，一顶帽子低低地扣在她脑后曾经金色的头发上。在黑暗和寒冷的清晨中，在乡间的公路上他们驾驶汽车穿过白雾茫茫的大地。

　　"你在担心什么，哈里？"

　　"不知道，我就是很担心。你要把头发留长吗？"

　　"我是这么想的，女儿们一直都在学我。"

　　"她们愿意怎么样都可以。我觉得你还是老样子好。"

　　"你真的不希望我改变发型吗？"

　　"对呀。"他说，"我很喜欢你现在这个样子。"

　　"我现在是不是看起来很老了呢？"

　　"你看起来比任何女人都好。"

　　"听你的，我就保持原来的样子吧。"

　　"不要因为女儿们改变自己。对了，孩子们为什么总学你？"

　　"小姑娘们就是这样的，喜欢模仿妈妈。你这次出门如果顺利回来，咱们就搬去新奥尔良，好吗？"

　　"迈阿密。"

　　"行，这样也好，就去迈阿密。咱们把孩子们留在这儿。"

　　"现在我得马上出趟门。"

　　"你害怕是吧？"

　　"没有。"

　　"一整夜，我都没睡，我一直都是在想你。"

　　"你是个非常好的老婆。"

　　"每次我想到你时，心都会怦怦跳。"

　　"好了，现在我们必须要灌满汽油了。"哈里对她说。

第十三章

上午 10 点钟，哈里跟四五个人在弗雷迪酒馆里，一起站在里面。他靠着吧台，两个海关人员刚走。关于那艘船的事，他们一直询问他，他摇摇头说一无所知。

"你昨晚在哪里？"其中一个人问他。

"在这里喝了一杯，然后就回家了。"

"你在这里待到什么时候？"

"我待到酒馆关门，才走。"

"有谁可以证明吗？"

"很多人都看到了。"弗雷迪说。

"发生什么事了？"哈里问他们，"难道你们觉得是我自己偷船了吗？我为什么要偷它？"

"别生气，我就是问问你在哪里。"那个海关人员说。

"没有，我不生气。"哈里说，"那时，他们把船扣了，却没有找到一项走私酒的证据，当时我就已经生气了。"

"有人上交了信誓旦旦的书面陈述，"那个海关人员说，"你知道那个写陈述的人，不是我。"

"说的没错！"哈里说，"但是，我发火是也不因为你们的提问。我很希望你们能把它拴好了，那样我的船还有机会可以收回来。如果它被偷走了，我不就没有机会了吗？"

"嗯……没有。"那个海关人员说。

"行了，你们滚吧！"哈里说。

"别得意，"那个海关人员说，"否则，我会给你尝尝这么得意的后果。"

"十五年以后再说。"哈里说。

"你得意不了十五年的。"

"没错，但是我不会因此而坐牢吧。"

"嘿，别太傲慢，否则，你会的。"

"看看恼羞成怒了。"哈里说。此时，那个古巴人开着出租汽车，领着一个刚下飞机的人走了进来。大罗杰对他说："艾佐兹，听说你有个孩子了。"

"是的，先生。"艾佐兹美滋滋地说。

"你是什么时候结婚的？"罗杰问他。

"上个月。你没来参加婚礼吗？"

"真可惜，我没有。"罗杰说。

"看来你错过了一场非常好的婚礼。"艾佐兹说，"可是为什么你不来呢？"

"你没有邀请我啊！"

"是吗？"艾佐兹说，"真的是我忽略了，我忘记邀请你了……喂！你挑好了吗？"他问那个外地人。

"我想是的。这是你这里最贵的巴卡迪吗？"外地人问弗雷迪。

"当然了，先生。这百分百是上等货色。"

"艾佐兹，听我说，你能够肯定那孩子是你的？"罗杰问他，"我跟你说，那孩子不是你的。"

"你胡说什么?! 那孩子不是我的？你说的是什么意思？这种话你怎么能说出口？你到底是什么意思？你买回来一头母牛，难道你不要牛犊子吗？他就是我的孩子，他是属于我的!"

他与那个外地人走出去的时候，律师蜜蜂嘴正好走了进来，他对哈里说："你的船被海关的人刚刚收去了。"

哈里盯着他，你能想象出他脸上腾腾的杀气。接着蜜蜂嘴的声音和刚才一样毫无感情地说下去："有一辆美国公共事业振兴署的运货卡车经过红树丛，有人从车顶上看到了船停在那里，于是就打电话通知了海关。我刚才碰到赫尔曼·弗雷德里克斯，我是听他说的。"

哈里一直沉默，不说话，但是他已经恢复了坦率、自然的目光。然后他对蜜蜂嘴说："你听说了所有，是吗？"

"本来我以为你很乐意听到这些。"蜜蜂嘴说话的声音还是毫无感情。

"我一点也不介意，"哈里说，"我的船应当被他们看管得更牢一些，而不要再像之前那样粗心大意。"

在吧台旁，他们俩就那样相对无语地站着，直到大罗杰和另外两三个人稀稀落落地走了出去。他们走到了后面。

"你真是个倒霉鬼！"哈里说，"一旦碰上你我不管什么事情，都会沾上晦气。"

"这难道也是我的错不成？藏船的那地方是你挑的，不是吗？"

"闭嘴！那种高高大大的运货卡车以前他们用吗？这是我最后一次可以不用非法手段挣钱的机会，对我来说这是最后的机会！"

"我一了解情况就来告诉你了。"

"你是个贪婪的家伙。"

"别胡说！"蜜蜂嘴说，"现在他们要在今天下午到傍晚这段时间离开。"

"算了，他们去死吧。"

"不清楚他们到底对什么事不放心。"

"什么时候，他们打算离开？"

"5 点左右。".

"我一定会搞到一艘船的，送他们下地狱。"

"这确实是个不错的主意。"

"你不用在这儿啰唆了。"

"我说，你怎么不知好歹？"蜜蜂嘴说，"我是在千方百计帮你脱离困境，还给你找了事情做……"

"可你让我干的事情都是让我倒大霉的。闭嘴！无论谁和你打交道，都会倒霉。"

"你是个十足的浑蛋，简直太可恶了！"

"别生气嘛，"哈里又说道，"我必须做个计划。我一定会想个万全之策的。不过现在我必须为另一件事想个法子。"

"为什么你不让我帮助你呢？"

"12 点的时候你到这儿来，带上那笔钱，付船钱。"

他在哈里前面，一起走了出来，看到酒馆前的艾伯特。

"不好意思，艾伯特，"哈里说。"我雇用不了你了，很抱歉。"这个法子他早就想好了。

"钱少我也干。"艾伯特说。

"抱歉了，"哈里说，"现在我雇不了你了。"

"我开的价真的很低，同价位你再也找不到的这么好的帮手了。"艾伯特坚持。

"我自己去。"

"你不该单枪匹马去做那种事。"艾伯特说。

"不要胡说，"哈里说，"你懂什么！政府用这种以工代拯的方法难道就是让你帮我做事吗?"

"去见上帝吧!"艾伯特生气地说。

"或许我会的。"

这时哈里的大脑正飞快转动着,他在思考很多事。他讨厌这种时候被打搅。

"我非常想去。"艾伯特说。

"别烦我了,行吗?"哈里说,"我真的没有办法雇用你。"

艾伯特走了出去,哈里站在吧台那儿,他就像之前没有见过那些东西一样,望着那几部老虎机和墙上那幅名为《卡斯特①最后的抵抗》的画。

"艾佐兹和大罗杰说的那些关于孩子的话,很精彩,对吧?"弗雷迪跟他说话的同时把几个咖啡杯放进一个装有肥皂水的桶里。

"给我一盒切斯特菲尔德牌的烟卷。"哈里对他说。接着烟盒被残缺的胳膊皮夹着,用力撕破一角,抽出一支烟卷,叼在嘴上,然后把烟盒放在上衣口袋里,再点上烟卷。

"现在你的船情况如何,弗雷迪?"他问。

"刚刚我送它到船台去检修,"弗雷迪说,"它各方面都挺好的。"

"可以把它租给我吗?"

"做什么?"

"横渡一次海峡。"

---

① 卡斯特(George Armstrong Custer, 1839—1876),美国将军,曾于 1876 年 6 月 24 日率领二百五十多名士兵夜袭一个位于蒙大拿州小比格蒙恩河旁边印第安人营地。他的队伍最后除了一匹战马之外无一生还。吃角子老虎机是一种赌具。作者借用这种赌具和卡斯特的阵亡暗示哈里在他参与的那场赌博中不幸的结局。

“只要你先付清船价，就可以了。”

“它值多少钱?”

“一千两百块，怎样。”

“好吧，我租了!”哈里说，“可以用我自己做担保吗?”

“不可以。”弗雷迪回答他。

“用我的房子做抵押，可以吗。”

“我才不要你的房子呢，我要现金，一千两百块。”

“好吧。”哈里说。

“你必须先把钱拿来。”弗雷迪对他说。

“如果蜜蜂嘴来了，让他等我。”哈里说完后走了出去。

第十四章

玛丽和女儿们正在吃午餐的时候，哈里回来了。

"嘿，爸爸！"大女儿喊道，"爸爸回来了！"

"你今天做了什么好吃的呢？"哈里问。

"我们正在吃牛排。"玛丽说。

"爸爸，听说你的船被人偷了。"

"他们又把它找回来了。"哈里说。

玛丽吃惊地望着他。

"谁找到那艘船的？"她问。

"海关的人。"

"噢，哈里。"她的语气中充满了同情。

"爸爸，找到了是不是会好一些？"二女儿问。

"吃饭时不许说话。"哈里这样回答她，"你还愣着干什么？把我的饭菜端出来？"

"我这就去端来。"

"我现在真的非常忙。"哈里对女儿们说，"姑娘们，你们快点吃完后出去玩吧！我有事情要和你们的妈妈谈谈。"

"你可以给我们点钱去看电影吗，爸爸？"

"为什么你们不去游泳呢？游泳是不用花钱的。"

"爸爸，我们就想看电影，现在游泳太冷了。"

"好吧！"哈里说，"好吧！"

姑娘们走出房间，他对玛丽说："老婆，你帮我切成一小块一小块的，好吗？”

“当然了，宝贝儿。”

她真的把牛排切成一块一块的，像喂孩子一样小。

“多谢！”哈里说，“我真是倒霉，总是惹麻烦，是不是？我们的姑娘们倒从不惹麻烦。”

“根本不是那么回事，宝贝儿。”

“很奇怪，我们这么多孩子，竟然没有一个男孩。”

“还不是因为你这样一个男人。这样的情况，肯定一直生女儿。”

“你的意思我是一个特别衰的男人喽？”哈里说，“听着，我要出一次门，可能不会那么顺利。”

“船是怎么回事？快告诉我。”

“有人站在一辆很高的运货卡车上看见了它，就这样。”

“真倒霉。”

“真是太他妈的倒霉了。”

“哈里，在家里别说这样的话。”

“有时候你在床上说得比这个更粗野。”

“这是两回事。”

“唉，我真的是太倒霉了。”哈里叹了口气。

“宝贝儿，你的心情真的糟糕透了。”玛丽说。

“不要担心，没事。”哈里说，“我一定会再想办法的。”

“你肯定能想出办法的。我相信你。”

“现在我有的是信心，我也只剩下这个了。”

“把事情的经过告诉我好吗？”

“不会。但是无论你听到什么，都别为我担心。”

“好的。”

"现在上楼来，玛丽。你帮我拿那支汤姆生式的冲锋枪，顺便检查一下我平时放子弹的木盒，把所有弹夹都装满子弹。"

"不要带那东西。"

"我必须带。"

"你需不需要带子弹盒？"

"不需要。你知道，我是装不了弹夹的。那把枪里一共可以装四个弹夹。"

"宝贝儿，你出门不是要干什么不好的事吧？"

"的确，我要去做的事情是挺不好的。"

"哦，上帝！"她说，"我真不希望你做那样的事情。"

"亲爱的，去吧！把枪拿到这儿来，再煮点咖啡给我。"

"好的。"玛丽说着隔着桌子探出身，吻了吻他的嘴。

"我现在必须思考。"哈里说，"你不要再来打扰我了。"

他坐在桌子旁，向四周环顾着：钢琴、餐具柜和收音机、一幅名为《九月清晨》的画，还有几幅关于爱神丘比特的画、一张用橡木做的桌子和几把用橡木做的椅子，都亮晃晃的，还有几幅挂在窗户前的窗帘……他在心里问自己：在这个家里我还有机会享受我的人生吗？我是怎么沦落到了这个地步？这件事如果出一点什么偏差，那我所有的一切都完了，彻底完了。可是除了这幢房子，我剩下的钱还不到六十块了。我必须用这笔钱赌一把。我那些倒霉的女儿们……

"枪我拿来了，"玛丽提着一个大盒子上的吊带说，"而且我已经都装满了子弹。"

"我必须走了。"哈里说。他举起了敦实的、沉甸甸的枪，"把它们放在汽车的前座底下。"

"再见。亲爱的。"玛丽说。

"再见，老太婆。"

"我相信你，不会太担心的，记住你要照顾好自己。"

"你好好的。"

"噢，哈里。"她说完紧紧地把他抱在胸前。

"时间不够了，我真的要走了。"

他用那截剩下的胳膊拍拍她的背。

"哈里，要当心。"她说，"你和你的螭龟鳍。"

"我必须走了。再见，老太婆。"

"再见，哈里。"

她望着送他走出屋子，个子高高的、肩膀宽宽的、脊背平平的，他窄窄的屁股稳定而有力，他看起来还很年轻，就像只野兽，冷静、敏捷。他走路的样子还是那样轻快而平稳。他坐进车里的时候，她看到他的白皮肤、绿眼珠，泛红的金发，他长着蒙古人种的脸，是那种阔颧骨、窄眼睛，像断了的鼻梁、宽嘴唇、圆圆的下巴。坐在汽车里的他冲她笑，一副龇牙咧嘴的样子，可是她的眼泪却流了下来。她心想，那真是张讨厌的脸，可是我每次看见他那张讨厌的脸就想哭。

第十五章

　　有三个旅游者坐在弗雷迪酒馆的吧台前，弗雷迪在招呼他们。他们中间有个高个子、瘦瘦的、宽肩膀的男人。他下身穿着短裤，戴着一副厚厚镜片的眼镜，留着一撇经过仔细修剪的浅棕色小胡子。他旁边还坐着一个女人，短短的金黄色鬈发，发型看起来像个男人，肤色很差，脸很生硬，体形庞大，整个一女摔跤手。她也穿着一条短裤。

　　"唉，真是讨厌！"她对第三个游客说。他戴着一顶白色绿赛璐珞布帽子，帽上有个遮阳的帽舌，帽子下露出了一张有点浮肿的脸，泛着红色，赭色小胡子。说话的时候，他的嘴唇有个习惯动作，动起来有点奇怪，似乎正在回味无穷地吃着什么特别烫的东西。

　　"真是令人陶醉啊！"那个戴绿色遮阳帽的说，"我从没试着听过这个表达方式真正被应用在交谈中。本来我以为这只是一个古老的词，它被很多人用在印刷品上，不过还真没听人说起过。"

　　"讨厌，讨厌，双重的讨厌。"那位女摔跤手模样的太太非常意外地用吸引力更大的语气说，还不惜把她那满是包的侧面展示给他。

　　"真是太美了。"那个戴帽子的男人说。

　　"你说得真好听，这种表达方式最先是从布鲁克林①流传出来

---

①　布鲁克林（Brooklyn）：美国纽约市的一个区。

的吗？"

"她是我的妻子。她说的话你千万不要介意。"那个高个子说，"见过了吗，你们俩？"

"去他的，双重去他的见过。"那个女人说，"你好！"

"见过了，还不错。"那个戴帽子的男人回答，"你好吗？"

"她做得太不可思议了。"那个高个子接着说，"你真该去看看她做的。"

这时，哈里走进来了。高个子的妻子说："他看起来真的很棒吗？买给我吧，亲爱的。我真的想要那样的。"

"我能跟你说句话吗？"哈里对弗雷迪说。

"当然，随便，想说什么都可以。"高个子的妻子说。

"闭嘴，你这骚娘们儿。"哈里说，"到后面去，弗雷迪。"

在后面的桌子旁蜜蜂嘴正在等着。

"你好，老板。"他对哈里说。

"你少说点。"哈里说。

"别吵吵了，听好了，"弗雷迪说，"你用那样的脏话骂我的顾客，是不可以的。在这样一个正派的酒馆里，你不可以骂一位太太骚娘们儿。"

"她就是个骚娘们儿，"哈里说，"听到她对我说了些什么吗？"

"好了，不管怎么样，你不可以当着她的面这么骂她。"

"可以。你拿到钱了吗？"

"是的，当然了。"蜜蜂嘴说。

"好吧，现在我们来点点数。"

蜜蜂嘴递过去钱。哈里点了点，十张一百块的和四张二十块的。

"应该是一千二。"

"我的佣金我已经把扣出去了。"蜜蜂嘴说。

"听着，交出来。"

"不可以。"

"快点交吧！"

"别蛮不讲理。"

"你这个下流的吝啬鬼。"

"浑蛋！"蜜蜂嘴说，"别动什么坏心思，别想用强硬手段从我手里把钱拿走？哼！我根本就没带过来。"

"知道了，"哈里说，"我本来就该想到的。听着，弗雷迪，我们认识很久了，这船我知道值一千二。这就意味着还缺一百二。先收下钱，只能为一百二还有租金冒冒险了。"

"还有三百二十块呢！"弗雷迪说。他盘算时直冒汗，因为让他为了这个数字冒险，他真的很痛苦。

"我家里还有辆汽车和一个收音机，可以抵上这个数目。"

"我能帮你们就这笔交易写一份证明。"蜜蜂嘴说。

"不需要，我什么证明都不需要。"弗雷迪说。他流着汗，说话吞吞吐吐，声音中充满了犹豫。然后他说："行吧。我就冒一次险。但是，看在上帝的份儿上，哈里你要小心看好那艘船，好不好？"

"我会把它当作自己的船那么爱护。"

"自己的船都被你给弄丢了。"弗雷迪边流汗边说着，现在他的痛苦又非常清晰地勾起了他对那件事的记忆。

"放心吧，我一定会好好爱护它的。"

"我先把钱放到银行的保险箱里。"弗雷迪说。

哈里看向蜜蜂嘴。

"银行的确是个好地方。"蜜蜂嘴咧嘴笑着说。

"服务员。"有人在前面大叫。

"在叫你了。"哈里对弗雷迪。

"服务员!"声音又传来了。

弗雷迪走了过去。

"我被那个人羞辱了。"一阵尖嗓子说话的声音传入了哈里的耳朵里,不过他自己还在跟蜜蜂嘴说话。

"我去把船停在码头,就在这条街的前面。从这儿过去不到半条马路。"

"可以。"

"就这么说定了。"

"当然了,大老板。"

"以后,请别再叫我大老板。"

"但其实你爱听。"

"4 点之后我就会在那儿。"

"还有其他什么事吗?"

"要让我屈服他们必须用强硬的手段,明白吗?这件事我什么都不知道,我只会摆弄发动机。我没有在船上准备什么出门用的东西。我租弗雷迪的船是为了给人钓鱼用的。要我开船,他们得拿着枪逼,还要他们砍断缆绳。"

"弗雷迪那里怎么处理?你租他的船来难到真的是要去钓鱼?"

"我会跟弗雷迪说的。"

"你最好别说。"

"当然,我一定会说的。"

"听我的,你最好别说。"

"听好，'大战'① 到现在，我一直和弗雷迪合伙做生意，我们一直都心平气和的。你知道吗？他有多少货是我帮忙经手的？城市就这么大，我只愿意相信他。"

"我不愿相信任何人。"

"当然，你在经历了那些事情之后，不再相信别人，是应该的。"

"别说我了。"

"行，去见你那群朋友吧。你用什么作借口？"

"他们都是从古巴来的。在路边餐馆的门前，我遇见他们的，他们中的一个人想兑现一张保付支票。这里有什么不对头的地方吗？"

"你没发现什么吗？"

"没有。我跟他们约好了在银行见面。"

"谁帮他们开车？"

"他们会坐出租车的。"

"开出租车的人会觉得他们是什么人？拉小提琴的？"

"我们会找一个什么都不想的。在这巴掌大小的城市，不会想的人遍地都是。比如，艾佐兹就是一个。"

"艾佐兹挺聪明的，就是说话可笑罢了。"

"当然，我希望他们找的是一个头脑愚蠢的人。"

"还有就是没有孩子的。"

"他们肯定有孩子。你看见过哪个没有孩子的人会做出租车司机的？"

"你这个坏蛋。"

---

① "大战"，指第二次世界大战。

"我没有做过任何坏事，更没有杀过人。"蜜蜂嘴说。

"你当然不会。走吧，一和你待在一起我就反胃。"

"让人倒胃口的是你。"

"你可以从聊天中发现吗？"

"难道你就不能把你的嘴闭上？"

"要不闭上你的嘴试试吧？"

"我想去喝一杯了。"哈里说。

三个旅行者坐在外间高高的圆凳上。哈里走过去了，他来到吧台前时，那个女人厌恶地别过脸看向别处。

"你要喝什么？"弗雷迪问。

"那位太太喝的是什么？"哈里问。

"自由古巴①。"

"还是给我一杯纯威士忌吧。"

游客中那个高个子的脸上有浅棕色小胡子的面向哈里，说："喂，你怎么这么跟我太太说话？你有什么意图？"

哈里从上到下把他打量了一番，问弗雷迪："你经营是哪种类型的酒馆？"

"那又怎么样？"高个子问。

"别生气，别生气。"哈里对他说。

"别跟我来这套。"

"听好了，"哈里说，"别那么激动。你到这里来就是为了休养或强身的，对吧？"说完了，他走出了酒馆。

"我觉得我应该揍他一顿。"高个子游客说，"你觉得怎么样，亲爱的？"

---

① 自由古巴（CubaLibre）：一种鸡尾酒，用朗姆酒、酸橙汁和可口可乐调制而成。

"我要是个男人就应该去揍他了。"他妻子说。

"你应付不来的，他的身体那么壮硕。"那个戴帽子的男人说。

"你在嘀咕些什么？"高个儿问。

"我是说，你可以去调查一下他的联系方式，然后给他写一封信，再跟他说说你现在的想法。"

"嘿，你又是谁？你知道你在干什么吗？拿我取乐？"

"请叫我麦克沃尔赛教授，好吧？"

"我是劳顿，"高个子说，"是个作家。"

"认识你很荣幸。"麦克沃尔赛教授说，"你会经常写东西吗？"

那高个子环视四周。"咱们走吧，宝贝儿。"他说，"这里的人除了会侮辱人，剩下的就是瞎扯淡。"

"这个地方真是特别，很有魅力。"麦克沃尔赛教授说，"它被人们叫作美国的直布罗陀，再过三百七十五英里就到埃及的开罗了。这地方就是它的一部分，但是眼下我来看到的也就是这一部分。不过这里确实是个好地方。"

"我也这样觉得，你果真是个博学的教授。"那位太太说，"我挺喜欢你的。"

"我也是，亲爱的。"麦克沃尔赛教授说，"但是，现在我必须走了。"

他站了起来，到外面去找他的自行车。

"这里的人都是疯子。"高个子说，"宝贝儿，我们再来一杯酒如何？"

"我真喜欢那位教授，"他太太说，"他看起来真是风度翩翩。"

"另外的那个家伙——"

"他真是相貌堂堂，"那位太太说，"有点鞑靼人的意思。但他总是羞辱人我不喜欢。他个子真大，看起来有些像成吉思汗①。"

"他只有一条胳膊。"她先生说。

"是吗？这我倒没注意，"那位太太说，"再点一杯酒吧，怎么样？"

"或者是帖木儿②。"她丈夫说。

"你是读过书的人。"那位太太说，"只要看到那位像成吉思汗的我就满足了。对了，那位教授为什么喜欢听我说讨厌呢？"

"我也不清楚，亲爱的。"作家劳顿说，"就算我再厉害也不能知道啊！"

"可能他有点喜欢我真实的样子，"那太太说，"他看起来真好。"

"也许你还会再遇到他的。"

"无论你什么时候到这里来，都一定会遇见他的，"弗雷迪接过话，"他就住在这里，他已经住了两个星期了。"

"对了，那个说话特别粗鲁的人是谁？"

"他？那家伙就是本地人。"

"平时，他都做什么？"

"什么事都做一点，"弗雷迪说，"其实，他不过是个打鱼的。"

---

① 成吉思汗（Gengis Khan，1162—1227）：名铁木真，在中国古代建立了蒙古汗国，直到元朝建立后，被追尊为元太祖。

② 帖木儿（Tamerlane，1336—1405）：建立了帖木儿帝国，出身于突厥化的蒙古贵族，暴毙于东侵中国途中。

"他的那条胳膊，到底是怎么回事？"

"我也不太清楚，好像是受伤了。"

"不过，他长得可真是很帅。"那位太太说。

弗雷迪笑了，说："我听过很多关于他的评价，但从没听过这么评价他的。"

"难道你不这么认为吗？"

"别那么激动，太太。"弗雷迪说，"我只是觉得他的脸长得有点怪而已。"

"哼，你们男人真肤浅。"那位太太说，"我觉得他像我的梦中情人。"

"的确他是梦中情人，不过是噩梦里的。"弗雷迪说。

在这期间，那位作家就坐在那儿，他除了在望着他妻子时表现出赞赏的表情外，其余的时候总是一副蠢相。弗雷迪心想，娶了那样的女人无论是谁都可以成为一个作家，或者为联邦应变救济署做事。我觉得她真是糟透了。

就在这个时候，艾伯特走了出来。

"哈里呢？"他问道。

"他在码头上。"

"谢谢。"艾伯特说完就走了出去。

那位作家和他的太太仍旧坐在那里。弗雷迪一直站在原地，心里担心着那艘船。他整天都要站着，腿有时会受不了。他在水泥地上放了一个格栅垫，可看样子作用不是很明显，他的腿总是很疼。他一直都在做的是正经生意，比这个城里的任何人都不差，再加上酒馆的管理费相对低，所以他一直坚持着。

那个女人看起来真的很蠢，到底是什么样的人才会选这么个人一起生活？真的就算瞎了眼也没必要啊！他们应该很有钱，点了很贵的饮料，这对我而言应该是件好事。弗雷迪心里一直这么琢磨着。

"好的，先生，"他说，"这就来。"

这时一个男人走了进来，他的脸被晒得发黑、头发是浅棕色、体型很棒的。他上身穿着捕鱼人的条子衬衫，下身是卡其布短裤。跟着他一起走进来的是一位有着深色皮肤的漂亮姑娘，那姑娘穿着白色薄羊毛套衫配深蓝色的宽松长裤。

"哟，这位是理查德·戈登吧?"劳顿站起身来说，"还有我们可爱的海伦小姐。"

"你好，劳顿!"理查德·戈登说，"你这里有没有来过一个喝醉了的教授?"

"他才出去一会儿。"弗雷迪说。

"你想不想来一杯苦艾酒①，亲爱的?"理查德·戈登询问他的太太。

"如果你也要，那就来一杯。"海伦说着跟劳顿两口子打了个招呼，"你们好。弗雷迪，对了，给我来杯两份法国苦艾酒混上一份意大利苦艾酒。"

海伦总喜欢坐在高圆凳上时，把两条腿缩在身子底下，然后望向外面的街道。弗雷迪痴痴地望着她，想：那年冬天，她是基韦斯特岛上最迷人的外地人。布拉德利太太现在有些发福了，不过她年轻的时候，就连那个声名远扬的美人布拉德利太太都没有她漂亮。这姑娘长着一张爱尔兰人的可爱脸庞，她的光洁的皮肤，留了一头深色披到肩膀上的鬈发。弗雷迪凝视着她那拿着酒

---

① 苦艾酒（vermouth）；又名味美思。下文提到的法国苦艾酒是不甜的，意大利苦艾酒是甜的，这两种苦艾酒都是用来调制鸡尾酒的。

杯的棕色的手。

"你的小说写得如何了?"劳顿向理查德·戈登提问。

"还挺顺利的。"戈登说,"你呢?"

"詹姆斯他总是喝酒,"劳顿太太说,"不好好工作。"

"嘿,那个所谓的麦克沃尔赛教授是做什么的?"劳顿问戈登。

"他是海伦的朋友,可以算是个经济学教授。"

"我欣赏他。"海伦·戈登说。

"我也欣赏他。"劳顿太太说。

"我最欣赏他。"海伦·戈登心直口快地说。

"好吧,把机会让给你就是了。"劳顿太太说,"像你们这样的漂亮小姑娘一定要得到你们想要的。"

"这是能让我们这样美好的原因。"海伦·戈登说。

"再给我来一杯苦艾酒,"理查德·戈登说,"一起喝一杯吗?"他问劳顿两口子。

"为什么不呢?"劳顿说,"嘿,布拉德利夫妻办的大型舞会,明天你会去参加吗?"

"他肯定会去啦。"海伦·戈登说。

"你应该懂的,我欣赏她,"理查德·戈登说,"无论是作为一个女人还是身为一个社会现象,两样都让我感兴趣。"

"嘿,"劳顿太太说,"和那位教授一样,你们讲起话来的样子都会表现出读过书。"

"别总是得意地显示出你缺乏教育,亲爱的。"劳顿说。

"人们难道可以和某种社会现象睡觉吗?"海伦·戈登望着窗外问。

"别乱说。"理查德·戈登说。

"我是表达，作为一个作家，这是工作中必需的一个部分吗?"海伦问。

"作为作家什么都得了解，"理查德·戈登说，"他不能把自己的经历局限在只符合中产阶级的标准里。"

"噢，"海伦·戈登说，"那么你觉得作为一个作家的太太要做些什么才合适呢?"

"太多了，我觉得。"劳顿太太说，"嘿，你真应该见见刚才羞辱了我和詹姆斯的那个人。他简直棒极了。"

"我真的应该揍他。"劳顿说。

"他确实棒极了。"劳顿太太说。

"我必须得回去了，"海伦·戈登说，"你呢? 回去吗，迪克①?"

"我还想再坐一阵子。"理查德·戈登说。

"哦，好吧。"海伦·戈登望着弗雷迪脑袋后面的镜子说。

"是的。"理查德·戈登说。

弗雷迪望着她，她几乎快要哭了。这样的事，他不希望在酒馆里发生。

"你要再来一杯吗?"理查德·戈登问妻子。

"不了。"她摇摇头。

"怎么了?"劳顿太太问，"你玩得不开心吗?"

"开心极了，"海伦·戈登说，"但是，我想回家了。"

"等一会儿我才回去。"理查德·戈登说。

"别担心。"海伦对他说完后就走了出去。她没哭，也没有寻见约翰·麦克沃尔赛。

① 迪克（Dick）：理查德的昵称。

第十六章

在码头上哈里·摩根开着汽车,他一路向那艘船停泊的地方开过去。他停下车环顾四周,附近没人,便抬起车前座拖出那个扁扁的、有网纹的、满是油污的匣子,把它扔进游艇的驾驶舱里。他走了进去,打开发动机的盖子,那个匣子被他藏在下面一个比较隐蔽的地方。他旋开了汽油阀门,两个引擎都被发动起来。没过几分钟位于右舷的引擎就稳定地运转起来了,但是位于左舷的那个引擎,第二个和第四个汽缸没发动起来。后来他才发现原来火花塞断裂了。哈里找了半天也没找到可以替换的新的火花塞。

现在必须得换个火花塞和加些油。

在两个发动引擎中间,他打开了冲锋枪匣子并把枪柄装到枪上。他找出两条散热箱上用的风扇皮带和四颗螺钉,在皮带上割了几个口子,在引擎盖左面的地板上做了一个托枪用的吊带圈,就是在左舷引擎上面。搁在那儿的枪,微微地颤动。然后,他把一颗子弹猛地推进了枪中。两边是引擎,他跪在中间,他伸出手抓住枪。现在他只需要两个动作,第一个是把绕在枪机后面的机匣的那条搭扣带解开;第二个是把枪从另一个带圈里抽出来。他试了一下,一只手也可以毫不费力地做到。他把那个小小的控制杆一路推到头,这样就把半自动变成了自动,紧接着他又检查了保险栓,铁定是上好了。然后,他把枪系好。他不知道应该把那些剩下的子弹夹放在哪儿,于是把它们放在了匣子里,并把匣子塞到一个汽油柜下面，以便他一伸手就可以拿到。

在出发之前，他一直思考，要是我能先下来，就能把两夹放到衣袋里。算了还是别放了，如果到时候发生了什么意外，说不定那该死的玩意儿会不小心掉出来。

他站起来，这个下午很美好，天气晴朗，微微的北风刮过，给人一种很舒适的感觉。这实在是个很好的下午。海上退潮的时候，两只鸬鹚栖在航道边的木桩上；一艘漆成深绿色的捕石鲈的船冒着烟"噗噗噗"一路向鱼市场开过去。那个捕鱼的黑人控制着舵柄，就坐在船尾。海面上一片平静，哈里的目光越过水面向远处望去，轻风吹拂着海水，在午后阳光的映照下散发着灰蓝色的光。那座在挖掘航道的时候形成的浅棕色岛一直在他的视线里，岛上是一些工人的营地。白色的海鸥飞过岛的上空。

"这一定会是个迷人的夜晚，"哈里心说，"一个横渡海湾的迷人夜晚。"

他在引擎中间忙碌着，微微冒汗。于是他站起来，擦了擦脸。

这时，码头上艾伯特出现了。

"听我说，哈里，"他说，"我想跟着你一起干。"

"你怎么了？"

"现在他们每星期只能提供给我们三天的救济活。所以我一定得做点什么。"

"行，"哈里想了想，"可以的。"

"太好了。"艾伯特说，"我特别怕回家，尤其是看见我的老太婆。今天中午她又冲着我大骂，可是我没有活干这能怪我吗？"

"你的老太婆怎么这样！"哈里用一种快活的语调问着，"你为什么不揍她？"

"去你的，"艾伯特回答，"我倒想听听她能说些什么。那女人讲起话来着实厉害。"

哈里说："把这个带上我的车，买六个像这样公制的火花塞，那边的海军五金铺就有卖。你再买一些吃的东西，一块二的冰、半打鲻鱼、两罐咖啡、四罐咸牛肉、两个大面包，再加一些糖和两罐炼乳。途中在辛克莱的加油站停一下，让他们到这里来给咱们的船加一百五十加仑汽油。为了赶时间，尽量早去早回，因为还要换掉左舷引擎那里从惯性轮倒数第二个和第四个火花塞。跟他们说，账我会在回来后付给他们，可以到弗雷迪的酒馆里找我。你都记住这些话了吗？我们将要带一帮人出海，他们明早去钓鱼，去找大海鲢。"

"这么冷的天气钓大海鲢不合适吧？"艾伯特说。

"他们说不冷。"哈里对他说。

"我买一打鲻鱼不是更好些吗？"艾伯特问，"万一它们被狗鱼①咬碎了呢？现在，那些航道里的狗鱼可多了。"

"好，听你的，就买一打好了。你的速度一定要快，来回必须一个小时之内，再叫他们来加汽油。"

"为什么要加这么多汽油？"

"我们旅行中间可能没有加油的机会。"

"现在要坐船的那帮古巴人是什么情况？"

"后来就再没他们的消息了。"

"那单生意挺好的。"

"这也是单好生意，好啦，快去吧！"

"我做这些事可以拿多少钱？"

---

① 狗鱼：一种海里生物的别名，学名是狗鲨。

"一天五块，"哈里说，"不想做可以不做。"

"行。"艾伯特说，"要哪种火花塞？"

"惯性轮的倒数第二个和第四个。"哈里告诉他。艾伯特点了点头。"我应该是可以记住。"说完他就上了汽车，拐个弯，向街上开去。

从哈里在船上站着的地方望去，映入他的眼帘的是第一州立信托和储蓄银行那幢砖石结构的建筑物和正面入口处，也不过是街头一条横马路的距离。他看不到侧面入口。他看了看表，两点过几分。他关掉了发动机的舱盖，来到甲板上。他心里琢磨着：好吧，或许马上就要出事了，也可能什么都不会发生。我已经把该做的事都做了。我要去见弗雷迪，接着赶回来等着。

他离开了码头，向右拐，走进了一条偏僻的街，这样他就不用经过那家银行了。

第十七章

在酒馆里，他想把事情告诉弗雷迪，但是他办不到。这时酒吧台里没有一个人，他坐在高圆凳上，想要跟弗雷迪说些什么，但是不知道如何说。他是有告诉弗雷迪的打算，但是他清楚地知道弗雷迪是接受不了的。以前可能可以，但现在不行了，以前也许也不行。当他想到要将事情告诉弗雷迪时，突然他才意识到自己的处境是有多么糟糕。

或许我应该就这样待在这儿，喝几杯酒，那样就不会发生什么事情，我也不会陷进这件事里，可是我的枪还在船上。除了我的老太婆以外，没有人会知道的。那是我在古巴走私别的东西的时候买的，我买了那玩意儿没有人知道的。如果我不做这件事她们靠什么吃饭呢？从哪儿去弄钱来养活玛丽和姑娘们呢？我没有船，没有钱，也没有学历。像我这样一个只有一条胳膊的人能做什么呢？我只有胆子，可以走私。如果我可以暂时先待在这儿，再喝上四五杯酒，那样的话一切都会过去了。我干脆就让它悄悄地过去，什么也不干。

"再给我来一杯。"他对弗雷迪说。

"好的。"

或许我可以卖掉房子然后去租房，直到找到一份好工作。做什么工作呢？好像什么工作也没有。我现在能去银行告密，那我将得到什么呢？几句"谢谢"是肯定的。古巴政府的一伙浑蛋发现我运的一批酒，向我开了枪，还打掉了我的一条胳膊，其实他们根本不用开枪。而我的船却被另一伙美国人扣押了。我能放弃我的家，而只得到几句"谢谢"？所以在这件事情上，其实我已经没有其他选择了。

他想跟弗雷迪说，那样就会有个人知道他要去做什么了。但是他不能说，因为弗雷迪会接受不了。现在他应该能挣很多钱。虽然这里白天人不是很多，但是到了晚上，这个酒馆里的人总是很多的，到了半夜两点钟人们才会渐渐散去。弗雷迪的处境挺好的，他知道后肯定接受不了。他寻思着，这件事我自己必须干，和那个可怜的、短命的艾伯特一起。老天，他看上去真的比码头上的任何人都饿。有一些本地人就算活活饿死，也不会去偷的。现在这个小城镇里，每天有许多人的肚子都饿得咕噜咕噜直叫。他们宁愿忍受饥饿，也从来没有采取过什么行动，或许他们中的很多人从出生开始就在挨饿。

"我想要两夸脱酒。"

"哪种？"

"巴卡迪。"

"好的。"

"帮我拔掉软木塞可以吗？你知道吗，我要送几个租船的古巴人过海湾。"

"你跟我说过。"

"可是他们什么时候出发，我不知道，也许就在今晚。不过我还没有收到通知。"

"船随时可以出发，你要是今晚横渡海湾，算是遇到好天气了。"

"今天下午他们说是要去钓鱼。"

"船上有索具，如果鹈鹕没有把它偷走的话。"

"它们还在。"

"好的，一路顺风。"弗雷迪说。

"谢谢了。给我再来一杯，好吗？"

"你要哪种？"

"威士忌。"

"我记得刚刚你一直喝的是巴卡迪。"

"我横渡海湾时如果着凉了的话，应该会喝那种酒吧。"

"你横渡时会一路顺风的，"弗雷迪说，"今晚这样的天气下横渡，我应该会喜欢的。"

"今晚肯定是个美好的夜晚。我们再来一杯，行吗？"

这个时候，那个高个子游客带着他的太太进来了。

"我一定是看错了，在那里的是我的梦中情人。"说完她就坐到哈里身旁的高圆凳上。

他看了她一眼，站起来。

"我走了，弗雷迪，我还会回来的。"他说，"我先去船上了，那帮人说不定一会儿就要去钓鱼了。"

"不要走，"那位太太喊道，"请不要走。"

"你真可笑。"哈里对她说完后走了出去。

理查德·戈登走在街上，他现在正赶往布拉德利那栋冬天住的大房子。他很希望家里只有布拉德利太太一个人。布拉德利太太不但收藏作家们的书，还喜欢收藏作家。而他的太太正在回家的路上，她没有遇到约翰·麦克沃尔赛。

第十八章

艾伯特已经回到船上，并给船加满了汽油。

"我去发动船，你看看那两个汽缸的火能不能点着。"哈里说，"剩下的那些你去收拾好了。"

"好的。"

"之后再切出一点鱼饵。"

"你需要鱼饵？"

"是啊，用来钓大海鲢啊！"

艾伯特去船尾切鱼饵。在舵轮前哈里给发动机预热的时候，他听见了一个响声传了进来，好像是发动机回火的声音。他望向街道，只见银行里跑出来一个人，那人手里拿着枪。然后就消失了。接着，又跑出来两个人，手里捧着公文皮包和枪，跑向同一个方向。哈里望了望只顾着切鱼饵的艾伯特。第四个人是个大个子，在他的胸前横着汤姆生式冲锋枪，边张望边走进了银行大门，他一走出那扇门，银行里的警报器就立刻长长的、叫人胆战心惊地响起来。然后哈里看到那支冲锋枪的枪口不停地跳动，枪声四起，混在了警报器那刺耳的声音里，显得细微又空洞。那人转过身向前奔跑，在银行门外，停住又开了一阵火。艾伯特在船尾站了起来，说："上帝哪！他们正在抢银行。上帝哪！我们现在该做些什么呢？"哈里听到那辆福特牌出租车的声音，它正从偏僻的小街上歪歪斜斜地向码头开来。

那三个古巴人坐在后座，另一个坐在副驾驶位上。

"船在哪儿?"有个人用西班牙语大叫。

"笨蛋,就在那儿。"另一个人说。

"过来。看在老天爷的分儿上,快过来。"

"快点,从车上下去!"一个古巴人跟司机说,"把你的手举起来。"

等司机站到汽车边,他就立刻抽出刀刺进司机的皮带,狠命乱割一通之后,皮带被割断,还从腰到膝盖把司机的裤子划了一个大口子,然后把裤子拉到脚面上。"站着不许动!"他说。另外两个古巴人把提着的包扔进游艇的驾驶舱,然后他们就跌跌撞撞地上了船。

"开船!"其中一个人说。

那个大个子拿着冲锋枪顶着哈里的脊背。"开船,船长,"他说,"我们走。"

"别着急,"哈里说,"这玩意儿你最好指向别处。"

"你快去把那些缆绳解开!"那大个子说,"快!"他冲着艾伯特喊道。

"等会儿,"艾伯特说,"不要开船。这帮人是抢银行的强盗。"

高个子转过身子去,挥着冲锋枪,对着艾伯特。"嘿,不要!不要!"艾伯特恳求道,"不要!"

在离他胸膛那么近的地方,猛地把子弹打进去,就像狠揍了他三下似的。艾伯特睁大眼睛,张开嘴巴,缓缓地跪在地上。

他的样子看上去好像仍旧试图说"不要"!

"你用不着伙计,"大个子古巴人说,"你这个一条胳膊的浑蛋!"接着,他用西班牙语说:"把那些绳索用鱼刀割断了。"然后,又用英语说:"咱们快走,快点。"

接着,他又说了句西班牙语:"你拿枪顶着他的脊背!"接着又用英语说："快点！我们走。否则我崩了你！"

"我们会走的。"哈里说。

古巴人中那个长得像印第安人的用一把手枪对准他断的那条胳膊，几乎枪口要碰到铁钩。

他边用他那条好胳膊装舵轮，向外开船，边望着船尾，经过一根根桩子的空隙，看到跪在船尾上的艾伯特。就在这时，艾伯特的脑袋倒向了另一边，泡在一摊鲜血中。停在码头的那辆福特出租车，那位胖胖的司机只穿着内裤，双手举过头顶，张大嘴巴，就像艾伯特的一样大。仍旧没有人从街上赶来。

码头上的桩子一根根向后移，船开出了内港，然后上了航道，灯塔正在往后退。

"快啊，向上推排档。"大个子古巴人说，"开快点。"

"拿开枪。"哈里一边说一边在心里盘算着可以把船撞在龙虾滩上，但那样的话那个古巴人肯定会把我崩了。

"开船吧。"那个大个子古巴人又说了一遍。接着，他又用西班牙语说："把枪一直对准船长。"大个子在船尾上趴倒，把艾伯特拖进驾驶舱。不一会儿，其他三个人在驾驶舱里早已经趴下。哈里坐到驾驶座上，向前看着，正把船开离河道。船正在经过开阔地带，进入后备基地，那里有用来给游艇发通知的绿色闪光交通信号和布告板。船已经开出了防波堤，这会儿经过要塞了，绕过红色闪光交通信号。哈里回头看了一眼，那个大个子古巴人正在装弹夹，只见他从衣袋里掏出了一个盛子弹的绿色纸盒。那支枪在他身旁平放着，他在装弹夹时根本不用看它们，凭感觉就可以装，而他的眼睛一直看着船尾。其他人都看着船尾，除了那个监视自己的人。这个人，是两个长得像印第安人中的一个，用手枪指着哈里，示意他向前看。后面没有船追上来，发动机在平稳运转。顺着潮流他们的船开过去。他留意到他经过浮标的时候，由于它的底部有潮流在打旋儿，它深深地向海里倾斜着。

不久有两艘快艇追过来，其中一艘是用来运送马泰孔勃过来的邮件，它是属于雷的。另一艘呢？几天之前，哈里看见它在埃德·泰勒的船台上，正在检修。他曾经想过让蜜蜂嘴去租它。这会儿他想起来了，另外还有两艘。州公路局的一艘在各岛间航行，另一艘停靠在驻防部队的海湾里。现在我们到底开出有多远了？回头他望了望，在离船尾很远的那个要塞，老邮局的红色建筑将要出现在海军船坞的建筑物上空，还有这时候已经耸立在小城短短地平线上空的那幢旅馆的黄色建筑物。在要塞那里有个小海湾，那幢过冬避寒的大旅馆延伸出的一排房子上空的灯塔出现了。他估计距离大约是四英里。他觉得他们快赶来了。那两艘白色捕鱼船正绕过防波堤，朝他们的船开过来。可是现在它们每小时开不了十英里。

那些古巴人用西班牙语叽里呱啦地说着。

"船长，你最快的速度是多少？"那个大个子边问他边回头望。

"大约十二英里。"哈里说。

"那两艘船最快可以开多少？"

"可能十英里。"

现在他们都在注视着那两艘船，还有一个一直监视着哈里的人。但是，我能做什么呢？什么都不能做。

那两艘白船并没有越来越靠近。

"看那儿，罗伯托。"那个说话文绉绉的人说。

"看哪儿？"

"看!"

在后边离得很远的地方,远得你简直都看不见的水面上喷起一条细小的水柱。

"一定是他们在向我们开枪呢?"那个说话中听的人说。

"天哪!"那个大脸盘说道,"就差三英里。"

不,是四英里,哈里想,足足有四英里呢!

哈里依然可以看见平静的水面喷出一道道小小的水柱,然而他却听不到枪声。

他心想,那些本地人最可怜,他们总出洋相。

"船长,那是政府的船吗?是哪个部门的?"那个大脸盘的目光从船尾移开。

"应该是海岸警卫队的。"

"他们的船可以开多快?"

"我想大概十二英里。"

"也就是说我们现在安全了。"

哈里没有回答。

越来越近的桑德礁的尖顶被他一直留在了左边,而桑德礁上小小的栅栏柱子显得差不多跟船的右舷①成垂直角度。大约用了十分钟,他们就超越了礁石。

"怎么样了?你连话都不会说了吗?"

"你刚刚问我什么?"

"现在你知道,还有谁会追上我们吗?"

"飞机,也是海岸警卫队的。"哈里说。

"我们在进城之前,电话线已经被割断了。"那个说话中听的

---

① 按上文看似应是左舷,但原文是右舷。

人说。

"你没有把无线电的线割断吧，对不对?"哈里问。

"怎么? 你真的觉得飞机会飞过来吗?"

"在天黑之前，你都有可能遇上它。"哈里说。

"你在琢磨什么，船长?"罗伯托问。

哈里仍旧没有搭理他。

"嘿，告诉我，你到底在想些什么?"

"你为什么让那个浑蛋杀死我的伙伴?"哈里跟那个站在他身边看着罗经航向的人说。

"闭上你的嘴!"罗伯托说，"否则下一个被宰的人就是你了。"

"你们搞到了多少钱?"哈里继续问。

"不知道，我们没有清点过。不管多少，钱不是我们的。"

"我也这样觉得。"这时候，他已经超过了灯塔。他把船定在开往哈瓦那的225°固定航向上。

"你不明白我的意思是说，我们抢银行不是为了我们自己，而是为了革命组织。"

"你们杀掉我的朋友也是为了那个组织?"

"真的很对不起。"那个年轻人说，"发生了这件事我有多难受，我没法向你解释清楚。"

"别浪费时间了。"哈里说。

"你看，"那个年轻人说话慢条斯理，"这个罗伯托是个狂热的革命分子，他让人受不了。马查多①统治时期他就曾杀了很多人，这些经历让他变得喜欢杀人了。甚至他会觉得杀人很有意思。当然了，他杀人也是为了正义的事业，这是非常神圣的事业。"他回过头看着罗伯托，这时罗伯托就坐在船尾的一张钓鱼椅上，那把汤姆生式冲锋枪就横搁在膝盖上，回头望着那两艘白船。

哈里发现，现在船看起来小多了。

"你的船上有酒喝的吗？"罗伯托站在船尾大声问。

"什么也没有。"哈里说。

"算了吧，我们喝自己的好了。"

一个古巴人已经晕船了，他躺在船尾的一张椅子上；另一个也开始感觉不适了，但他仍然坚持坐着。

哈里转过头去看，一艘铅灰色的船进入视线，眼下它已经通过要塞，快追上两艘白船。

他心里想，那艘船真不幸，它应该也是海岸警卫队的。

"你觉得水上会有飞机飞来吗？"那个说话挺中听的年轻人问。

"半个小时之后，天就要黑了。"哈里坐在驾驶椅上，一副舒服的样子，他问道，"你们会怎么对付我呢？会把我杀掉吗？"

"我没想这么做，"那个年轻人说，"我不喜欢杀人。"

"那么你会怎么做？"罗伯托手里拿着威士忌，问道，"你要跟船长交朋友吗？你想做什么，到船长家去吃饭吗？"

---

① 马查多（Gerardo Machado y Morales, 1871—1939）：1895 年至 1898 年古巴独立战争中的英雄。独立战争结束后，他开始从事农商，但仍在政界活跃，于 1924 年当选总统。1928 年连任总统。为了应对由于糖价下跌导致的经济萧条，他出台了一项巨大的工程计划，可是遭人指责是损公肥私。1928 年连任总统时实行独裁统治，导到 1933 年发生大罢工。再加上军队要求他下台，是同年 8 月 12 日，他被迫流亡，从此没有再回国。

"控制着舵轮，"哈里对那个年轻人说，"留意航向。二二五。"他站起来离开椅子，走向船尾。

"也给我倒一杯，可以吗？"哈里对罗伯托说，"那些船都是你们海岸警卫队的，放心，它一定追不上咱们。"

现在，他早把愤怒、憎恨和尊严都丢开了，开始盘算对策。

"当然了，"罗伯托说，"咱们一定不会被它追上，看看那些毛头小子，他们都晕船了。你刚才说什么，你想喝一口？你还有什么其他遗愿吗，船长？"

"你是个有幽默感的人。"他大大地喝下了一口。

"省着点，"罗伯托不高兴地提醒他，"就剩那么一点了。"'

"刚刚是我骗了你，"哈里跟他说，"我这里有一些。"

"别骗我。"罗伯托半信半疑地说。

"我为什么要这么做呢？"

"你这里有什么酒呢？"

"巴卡迪。"

"去拿来。"

"着什么急，"哈里说，"为什么你说话总是这么冷冰冰的？"

他往前跨过了艾伯特的尸体，走到舵轮前，看着罗盘仪。那个年轻人把航向稍移了大概二十五度的样子，罗盘仪的刻度盘在动个不停。哈里心想：真不是个好船员。这让他得到了更充分的时间。他注意着船尾的波痕。

这两道波痕是向亮光伸过去的痕迹，还是冒着水泡的弧形。这时的亮光开始向船尾移动，有一些棕色、圆锥状和细细的格子纹在水面上显出来。从他视线里消失的那些船，只能看见一团模糊的影子。那些是城里的无线电杆。引擎平稳地运转着。哈里蹲下去摸出一瓶巴卡迪。他提着酒瓶子向后面走去。走到船尾时，他先喝了一大口，然后把酒瓶递给罗伯托。他站在那儿，低头一看到艾伯特时心里就感到难受。

"你是怎么？吓着了吗？"罗伯托看着艾伯特的尸体问道，"我们把他扔进大海吧，你同意吗？"

哈里回答说；"没有道理带着他。"

"对，"罗伯托说，"你说得非常有道理。"

"你抓住他的胳肢窝，"哈里说，"我抓住他的两条腿。"罗伯托在船尾上放下了那支汤姆生式冲锋枪，他弯下了身子，从两个肩膀那儿拉起尸体。

"我想世界上最沉的东西应该就是男人的尸体了。"罗伯托说，"你以前搬过尸体吗，船长？"

"没有。"哈里说，"你有没有试过搬大个子女人的尸体？"

罗伯托拖起尸体，走到船尾去。"你是条硬汉子。"他说，"咱们来一口如何？"

"好的，到前边去吧。"哈里说。

"杀了他我觉得遗憾。"罗伯托说，"我待会儿杀你时应该会觉得更难受。"

"这么说不好，"哈里说，"你为什么要说这些？"

罗伯托说："咱们应该好好送他一程吧。"

他们把身子探出去，从船尾上抬起那具尸体。当尸体落到海里时，那支冲锋枪被哈里从船边踢下，枪和艾伯特同时落入海里，溅起了一大片浪花。只是，艾伯特在沉下去之前，在螺旋桨的搅动引起的冒着白色泡沫的波浪造成的反吸力下，翻了两翻，那支枪沉下去时则十分地干脆。

"这样就好多了，对不对？"罗伯托说，"现在，把船收拾干净了。"

"我的枪跑哪儿去了?"随后他就发现那支枪不见了,"你把我的枪弄到哪里去了?"

"弄什么?"

"那支 ametralladora①!"他一着急,西班牙语都出来了。

"什么?"

"你知道是什么?"

"我没看见。"

"一定是你把它从船尾上踢下海了。现在我就要杀了你!"

"别生气,"哈里说,"你到底为什么要杀我?"

"把枪还给我。"罗伯托对一个正晕船的古巴人用西班牙语说道,"快点! 给我一把枪!"

哈里站在那儿,觉得有汗珠从胳肢窝里冒出,并从身子的两边流下来。

"你杀得人已经太多了,"那个晕船的古巴人用西班牙语说,"船上的伙计已经你被杀死了,现在你还要杀死船长。那谁带我们渡海?"

"现在先别理他,"另一个人说,"我们横渡之后再杀了他。"

"冲锋枪被他踢下海了。"罗伯托说。

"钱都被我们搞到了,为一支冲锋枪你值得生气? 冲锋枪古巴多得很。"

"我跟你说,如果你现在不干掉他的话,你将来肯定会后悔的。快把枪给我!"

"快闭嘴! 你肯定又喝多了。你一喝多了就想杀人。"

"来再喝一杯。"哈里说,看向湾流上灰色的滚滚波涛,火红

---

① ametralladora:西班牙语,机关枪。

的太阳已渐渐贴近水面。"快看太阳。当整个太阳落到水平面以下，会变成一个绿色的发光球。"

"让它下地狱去吧，"大脸盘罗伯托说，"你不要认为你的阴谋得逞了。"

"放心吧，我会赔给你另外一支的。"哈里说，"别生气了，在古巴那种枪也就四十五块钱。你现在安全了。海岸警卫队的飞机也不会来了。"

"你是故意的。我知道的，我一定会宰了你的。"罗伯托上下打量着哈里，"别把我们当傻子，这是你让我跟你搬尸体的原因吧。"

"你不能杀了我，"哈里说，"杀了我谁带你们渡海呢？"

"现在我就应该把你宰了。"

"别生气了。"哈里说，"现在我得去查查引擎的情况了。"

说完他向后转身打开舱口盖，走到了下面，接着他拧紧了两个填料箱上的油杯，又摸了摸发动机，他用手碰了碰汤姆生式冲锋枪的枪柄。还得等些时候，他寻思着。上帝啊！真走运。艾伯特就这样被杀死了，我不知道这样处理他究竟好不好，省掉了他的老太婆给他送殡。那个人真是浑蛋！简直就是个杀人魔头！现在我恨不得马上就杀了他。但是，还要再等一下。

他站起来，爬上去，并把舱口盖关上。

"你在干什么？"他问罗伯托。他把手搭在那肉嘟嘟的肩膀上。大脸盘一言不发，看了看他。"你看见了吗？海水变成绿色了的。"哈里问。

"你最好去死！"罗伯托喝高了，但他仍然隐隐感觉哪里不对劲儿。

"我来开会儿吧。"哈里对坐在舵轮前面的年轻人说，"告诉我你叫什么？"

"你可以叫我埃米利奥。"那个年轻人说。

"到下面有吃的，去那里吃点吧！"哈里说，"有面包，还有咸牛肉，如果你愿意还可以煮咖啡。"

"我什么都不要。"

"那等会儿我去煮吧。"哈里说着坐到舵轮前。这会儿，罗经柜的灯全亮了，在灯光的照射下，他按照罗经点毫不费力地把船开在海上，放眼向四周望去，苍茫的夜色把海平面慢慢地侵蚀了。他没有打开航行灯。

这个渡海的夜晚将是一个漂亮迷人的夜晚，他心想。当最后一道残霞消逝在天空时，我开始把船往东开。我如果不这样做的话，再过一个小时，哈瓦那耀眼的灯光很快就会射入我的视线。那个浑蛋一旦看到那耀眼的灯光，可能就会杀了我。能够把那支枪解决，我真的很走运。不知道玛丽晚饭吃什么，我估计她担心死了，她可能都吃不下饭。我真的很想知道那帮浑蛋到底搞到了多少钱。真奇怪，他们竟然没有数钱。哼，为革命筹钱，这倒不失为一个好理由。古巴这个民族真是让人看不透。

那个罗伯托是个浑蛋，我今晚一定要干掉他。不管会发生什么事，我都一定要宰了他。可想到那个可怜的、短命的艾伯特，这又有什么意义呢……就那么扔掉他，我心里真的很难过。我都不知道我为什么会这么想。

在黑暗中，哈里点上一支烟卷，边抽边思索。我得想办法让另外两个人待在一起，还要想办法出其不意，用最快的速度解决一切战斗。

"要不要来份三明治？"那个年轻人问。

"多谢，"哈里回答，"你不给你的伙伴来一份？"

"喝酒的时候，他什么东西都不吃。"那个年轻人说。

"其他人呢？"

"都晕船了。"那个年轻人说。

"这是个迷人的渡海之夜。"哈里留意到那个年轻人根本没看罗经，因此他继续往东开。

"确实如此，"那个年轻人说，"如果你的伙计没有出事的话，那就更好了。"

"他确实是个好人。"哈里说，"岸上还有什么人受伤吗？"

"就那个律师。他叫什么来着？西蒙斯。"

"他已经死了，是吗？"

"估计是。"

原来是这样。蜜蜂嘴先生到底会怎么想呢？他怎么就那么肯定自己不会被他们杀掉呢？他永远那么自作聪明。蜜蜂嘴先生，永别了。

"你们是如何干掉他的？"

"我觉得你能猜到，"那个年轻人说，"和你的伙计不一样，我对这事感到遗憾。他真的不是那么不讲道理的，可是在这样的革命形势下非这样做不可。"

"我觉得，他应该是个好人。"哈里嘴上虽这么说，可心里有个声音却在嘀咕：我到底在胡说些什么呢？见鬼了！不过我现在首先要做的是让这个年轻人对我放下戒备之心。

"你们说的革命到底是怎么样的？"他问。

"我们是唯一存在的真正的革命党。"那个小伙子说，"一切腐朽的统治者将会被我们消灭，把压迫我们的美帝国主义全部消灭，还要消灭军队的暴政。我们将重新公正地来过，让我们所有人能够得到平等的机会。我们想要结束 guajiros——你明白，即指白人农民——的奴役，将生产食糖的大种植园分给真正劳动的人们。但我们不是共产党人。"

哈里的视线离开罗经刻度盘，望向年轻人。

"你们的工作是怎么开展的？"他问。

"现在我们所做的就是为战斗筹钱。"那个年轻人说，"为了革命的胜利，我们不得不使用一些以后再也不会用的手段。我们还被迫使用以后不再使用的人们。可是，有时候为了达到这个目的不择手段也是值得。人们在俄罗斯也被迫干过相同的事。在革命之前，斯大林也做过很多类似事情。"

看得出他是一个激进分子，我敢肯定他是激进分子。

"我觉得，有一个好的纲领指导着你们，"哈里说，"如果你们都愿意来帮助那些工人的话。基韦斯特以前也有几家雪茄烟厂，那时我还参加过很多次罢工。如果我早些了解你们在做的事情，一定很高兴做些力所能及的事。"

"很多人都会帮我们的。"那个年轻人说，"不过，现在这种情况很特殊，我们已经不能随便相信别人了。我对在目前形势下我们必须做的事情感到遗憾，我对这种筹钱的方法也感到难受。可是，我们真的无路可走了。你不知道，古巴的现状非常糟糕。"

"我觉得应该很糟。"哈里说。

"你根本无法想象，整个国内笼罩在杀人不眨眼的暴政阴影之下，甚至连每个小乡村也都是。三个人不可以一起上街。在外面古巴没有树敌，所以根本不需要军队，但现在它的军队人数多达两万五千人，而那支军队的上上下下都在吮吸国民的鲜血。每一个人，甚至连小小的列兵也跑出来掳掠。眼下，他们收编了马查多统治时期的坏蛋、暴徒和告密者，准备成立一支后备部队。

他们包揽了部队不乐意插手的所有事情。我们现在要做的，首先是先解决掉这支部队。曾经我们都在棍棒下被统治着，眼下，我们忍受着步枪、手枪、机关枪以及刺刀的统治。"

"听起来太糟糕了。"哈里说，控制着舵轮继续往东开。

那个年轻人继续说："看到我热爱的祖国变得伤痕累累，只要能将它从眼下压迫的暴政下解救出来，我真的愿意做任何事情。我做着我不喜欢的事情，但是，我心甘情愿。"

为什么我要去了解他的革命呢！因为要帮助工人，所以他们去抢银行，还干掉了一个和他们一起的家伙。然后，他们又杀掉了可怜的艾伯特——一个从没想过伤害任何人的人，可是杀他的是一个声称要帮助他人的人！杀人者没想过这一点吧，艾伯特还有一大家子人呢。统治着古巴的是古巴人，他们一个个相互欺骗，一个个相互背叛，他们吃苦受罪简直是活该！下地狱去吧，他们的革命！我现在最该做的就是养活我的家人，可是我连这个都做不好。见鬼去吧，他们的革命！哈里想。

他对那年轻人说："我想去喝一杯酒，现在你来控制一下舵轮，好不好？"

"当然可以，"那个年轻人说，"我要怎么开？"

"一二五。"哈里说。

这时候，天已经全黑了下来，船开进湾流有段距离了，那里的滚滚波涛十分汹涌。哈里经过躺在椅子上的那两个晕船的古巴人，走向坐在船尾钓鱼椅上的罗伯托。黑暗中的海水，从船的旁边迅速流过。罗伯托坐在一把钓鱼转椅上，两只脚搭在另一把上。

"给我也喝点你的酒。"哈里说。

"去死吧！"大脸盘粗声粗气地说，"这是我的。"

"好吧。"哈里说着走到前面又去拿了一瓶。黑暗中，他把酒瓶搁在右胳膊的断臂下，他拔起在弗雷迪打开过的软木塞，猛地灌了一口酒。

他对自己说，我现在可以动手了，不用再等了，就在此刻。听了那小屁孩发表过的高论之后，大脸盘的那个浑蛋喝高了，其余两个人都晕船了。就在此刻，该下手了。

他又猛地灌了一口酒，喝下巴卡迪之后他觉得暖和起来，顿时身体里充满了力量，但是他的胃部周围却感到了冰冷和空洞。事实上，他的五脏六腑都是没有温度的。

"喝一口如何？"他对着坐在舵轮前的那个年轻人问。

"不用了，谢谢你！"那个年轻人说，"我不喝酒。"哈里能在罗经柜的灯光中看到他在微笑。他真是个说话招人喜欢的帅小伙儿。

"我得喝一口。"哈里咕嘟一声灌下了一大口，但是酒暖和不了眼下那个从胃部一直扩大到整个胸腔的阴湿和寒冷。喝完之后，酒瓶被他搁在驾驶舱的地板上。

"你继续让它在那条航道上航行，"他对那个年轻人说，"我再检查一下发动机。"

他打开舱盖口，走了下去。接着，用装在地板上的一个窟窿里的长钩子把舱盖口锁上。他弯着身子靠在发动机上，他对自己说，别犹豫了，动手吧，别犹豫了。你的胆子都跑哪儿去了？

他走出驾驶舱。他差点碰到汽油柜上的两张椅子，他知道是那两个晕船的人躺的。那年轻人坐在高凳上，背朝他，罗经柜灯清楚地勾勒出他的轮廓。他转头看了过去，只见罗伯托坐在船尾的椅子上伸直了手脚，呈现出一个黑色的侧影。

他盘算着，一个弹夹共有二十一发子弹，连续打最多能出四次，每次能出五发子弹。我的手指头必须轻轻地扳。得了，动手吧，别拖拖拉拉的了。你真是个奇怪的胆小鬼！上帝啊，如果我的另一条胳膊还在，你让我做什么我都愿意。不要再想了，眼下我也不可能会有另一条胳膊了。他举起左手，把皮带钩解开，用手抓着扳机护圈，大拇指完全推开保险，把枪抽出来。他蹲在引擎坑里，仔细地观察着那个年轻人的后脑勺儿，在罗经柜灯光的勾勒下，可以看到他脑袋的轮廓。

黑暗中，冲锋枪发出一大团火焰。子弹壳叮叮当当落在推起的舱盖上，接着子弹落在引擎上。他还未等那年轻人的尸体从高凳上滑落下来，就已经转过身去，对着左铺上的那个人影射入子弹。他手里握着那支跳动着的、喷着火焰的枪，几乎快要贴着那个人，他们的距离是如此的近，上衣被烧焦的气味，他能清楚地闻到。再然后，他迅速转身，向另一边的床铺发出连续射击，那个床铺上的人正坐起来，努力掏枪。这会儿，他望向船尾，把身子压得很低。大脸盘已经不在椅子上了。他能看到两张椅子的侧面。他后面的那个小伙子直挺挺地躺着，肯定是死了。还有人在一张床铺上正扑腾着。他可以用余光瞥到，另一张床上的人脸朝下半倒在船舷上。

在黑暗中哈里试图寻找到那个大脸盘。这会儿，船在不停地打着转，驾驶舱里透出了一点光。他屏气凝神地望着。那肯定是他，地板上的角落里稍微有一点黑。他盯向那儿，那里稍微晃动了一下，那是他！

那个人向他的方向爬过来，不，是向那个半倒在船舷外的人爬过去，想找那个人的枪。哈里蹲得低低地，盯着正在移动的那个人，直到他有十足的把握。然后，他对准了连续发出射击。机关枪发出的亮光让人看到了那个人的双手和双膝，当火焰和"嗒嗒嗒"的声音停下时，他听到了沉重的扑通声。

"你这个狗娘养的！"哈里说，"你这个杀人犯！"

这时，他的心里不再觉得冰冷，只留下了一种空落落的、脑袋嗡嗡响的感觉。他蹲得很低，在外面用木条围着的油箱下面摸出另外一个子弹夹，他的手摸到的那个子弹夹不是干燥、冰冷的，而是潮湿的。

油箱被打中了，我必须关掉机器，也不知道油箱的什么地方被打穿了。

他按紧了推杆，卸掉了空子弹夹，插进了那个没用过的子弹夹。接着，他站了起来，从驾驶舱向外走出去。

他的左手拿着机关枪，再用装着钩子的右胳膊把机舱口关上，然后四下看了看。那个在左边床铺上躺着、左肩膀挨了三枪的古巴人——有两颗子弹打进了油箱——坐了起来，认真地瞄准，射中了哈里的肚子。

哈里的身子猛地向后一歪，他摔倒在地。他觉得有人用根巨大的棍子猛揍了一下他的肚子。一根撑住钓鱼椅的铁管撞到了他的脊背。说时迟那时快，眼见那个古巴人要再次向他开枪，他头顶上的那把钓鱼椅被打碎了，他伸手碰到了那支轻型机关枪，立刻举了起来，用铁钩固定住枪向前瞄准，冷静地向他开枪。那个人倒下了，蜷成一团。然后哈里又在周围摸索，直到摸到那个大脸盘，接着用那断臂上的铁钩把他的头翻过来，再把枪口贴近头部，扳动扳机。这时哈里放下了枪，他侧身躺在驾驶舱的地板上。

"我真傻了！"他自言自语，"我现在必须关掉所有设备，要不我们都会被烧死的。就因为一时疏忽，我把一切都毁了！真该死！"

他费力的用双手和双膝撑起了身子，把机器上面的舱口盖"砰"的一声拉下，在舱口盖上往前爬，一直爬到了驾驶座旁。他拉着座位站起来，发现自己竟然还能比较轻松地挪动身体，不免感到惊讶。然而他试了试，想直起身子，但是他立刻觉得头昏脑涨——他觉得自己已经虚脱。他把身子探出去，将那条残臂搁在罗盘仪上，把两个开关关上。机器的声音停了，除了海水在拍打船身的声音外，他什么声音都听不到了。船转进了被北风吹起的一小片海面上，形成了一个波谷，然后开始左右摇晃。

他牢牢地靠住舵轮，接着缓慢地坐回驾驶座上，趴在航海图桌上。随着阵阵晕眩，他觉得自己的精力正在逐渐消失，他用那只健康的手解开了衬衫，拿手掌摸了摸那个枪眼。血流得不多。他心想，我最好躺下，好让它安静一下。

在这个时候，月亮升起来了，驾驶舱内的所有东西，他能看得一清二楚。真糟糕，真他娘糟糕。他将身子从驾驶座上蹭到地板上，躺了下来。

他一直在思索，玛丽将会怎样生活，我真的不敢想象！或者他们会发给她奖金，她会将就着过下去。她本来就是个很厉害的女人。或许我们就应该这样将就着过日子，我简直是疯了才会这样做。我做了我本做不到的事，我不应该尝试的。没有人清楚事情到底是怎么发生的。我真心想为玛丽做点事情。现在这船上的钱那么多。我甚至都不知道到底有多少。无论是谁，有这么多钱，以后都可以衣食无忧了。我不敢肯定海岸警卫队是否会把钱捞走，至少会捞走一些的。我很想告诉我那老太婆发生了什么事情。我不确定她会怎么做。我应该在加油站找个工作，我不应该硬碰硬。现在我再也没有靠开船光明正大挣钱的机会了。如果这该死的船不摇晃该有多好，我觉得自己的内脏都快被摇出来了。

我、蜜蜂嘴先生还有艾伯特，一切跟这件事沾上关系的无一幸
免。还有这群浑蛋，这肯定不是什么吉利生意，确实不吉利。像
我这样的人，就应该做个加油站的管理员。去他娘的！现在我什
么加油站都管不了了。那么玛丽呢，她该去做点什么呢？她现在
年纪大了，已经没办法再扭屁股了。我真希望这艘破船不再摇
了。我要平静下来，有人说过不能喝水，就那么直直地躺着。

　　月光照亮了驾驶舱，他望着这一切。

　　他仰面朝天躺着，努力试图把呼吸变得平稳，随着墨西哥湾
流的波浪船一起摇晃。开始，他试图用他那只完整的胳膊把身子
稳住。慢慢地，他只能静静地躺着，任凭船摇晃。

第十九章

第二天早晨，在基韦斯特的弗雷迪酒吧里，打听完抢银行的情况后，理查德·戈登正走在回家的路上。他骑在自行车上，一个身材壮硕、高个子、蓝眼睛的女人经过他身旁。她头上戴的毡帽应该是她老公，从帽子下面露出了漂白的金发，她匆匆忙忙地穿过马路，因为哭泣眼睛变得通红。看着这个像头公牛一样的女人，他心想，像这样一个女人，她的心里会想些什么呢？在床上她会是什么样呢？像她这么高的个子，她丈夫会有什么感觉呢？她在这个小城里和谁有一腿呢？她的模样真吓人。

想到这里时，戈登已经回到家门口了。他把自行车停在门前的走廊上，穿过门厅走了进去，然后他关上了前门，那门被白蚂蚁咬出了一条条道子，还有一个个像筛子眼似的空洞。

"你听说什么了吗，迪克？"他的妻子在厨房里高声问。

"不要理我。"他说，"现在我马上要去工作。"

"那好，"妻子说，"我不打搅你了。"

在前房里的大桌子旁坐下，他正在创作一部作品，是关于一家纺织厂罢工的。在今天的这一章里，他会把他刚才在回家路上看到的那个大个子女人写进去：每天晚上她丈夫回到家里，一看到她就觉得讨厌，对她那蠢笨、肥胖的样子厌恶极了，连她那漂白了的头发和硕大的乳房也不能忍受。她不理解丈夫的工作。她的丈夫经常会把她和一个年轻的犹太女人作比较。真是好极了，不费吹灰之力就写出来了。太好了，这些都不算是虚构的。他一眼就看穿了这种女人的内心世界。

她开始对丈夫的爱抚，已经无动于衷了，她只盼望能生一个孩子好保障以后的生活。她没有支持她丈夫的壮志凌云。对性行为她已经感到厌恶了，却还一直试图激起对这件事情的兴趣。他相信这应该会是精彩的一章。

他看见的那个女人是玛丽也就是哈里·摩根的妻子。她刚刚从治安官的办公室里出来，正在往家走。

第二十章

　　"海螺王后"号是弗雷迪·华莱士的船，有三十四英尺长，以及坦帕①发放的登记号，船被漆成白色。前甲板被漆成了翠绿色，就连驾驶舱的内部也被漆成翠绿色，船舱顶也是同样颜色。从船尾这边排到那边，它的船名以及船籍名："佛罗里达州，基韦斯特"被漆成黑色。它没有舷外支杆和桅杆，但是有挡风玻璃，舵轮前面有一块玻璃碎了。在刚刚漆过的船体上，木板上有不少明显是最近才被打穿的窟窿。船体两侧也就是舷缘下面大约一英尺的地方，在驾驶舱中心稍稍往前的地方能看到一些木板屑。船体的右边，就是支持着驾驶舱还有天篷的后面，甲板支柱的对面，几乎同吃水线平行，有几个撒着木屑的地方。从那些窟窿里有一些黑乎乎的东西滴下来，如同一条条绳索，流到新漆的船体上。

　　船逆着微微的北风漂流着，一艘向北开去的油船大约在距离航道十英里的地方，整个船身披着刚刚漆过的白色和绿色，在墨西哥湾流深蓝色的海水衬托下显得无比鲜艳。一片片马尾藻在船附近漂流着，看起来就像金黄色的阳光。游艇一直随着偏航位移渐渐进入湾流，风稍稍能战胜偏航位移时，水流中有些海藻缓慢地掠过游艇，向东北方向漂去。船上没有活人行动的迹象，在船舷左边油箱上的坐板上躺着一具尸体，看起来有点肿。那应该是

①　坦帕（Tampa）：位于美国佛罗里达州西部港市。

一个男人，他的身子探出船去，一只手伸进了海水里。在阳光下，他的头和两条胳膊完全暴露在外面，在他的手指头几乎碰到水的地方，有一群约莫两英寸长，身体呈现出椭圆形，浑身金灿灿的小鱼，隐约中我们可以看出它们身上的紫色条纹。它们从湾流的海藻中离开，躲到游艇底部的阴影里。有什么东西一次次滴进海里，那些鱼就纷纷地向滴下来的东西凑过去，又推又转，一直到那东西消失为止。有两条大约十八英寸长的灰色胭脂鱼在海水的阴影里围着船打转，它们的平脑袋顶上的嘴张开又闭上。看样子它们好像不知道小鱼们吃滴下东西的规律，可能是它们向游艇靠近时，它们的那一边，没有滴什么东西。然而那些从最下面的裂开的窟窿里露出来、泡在水中的一团团和丝丝缕缕的胭脂色的东西早就被它们拉走了，与此同时，它们还摇着那顶上有吸盘的脑袋和细瘦的、尾巴也细长的圆锥形身子。此时它们不舍得离开这里，或许是因为它们在别的地方找不到这样的好吃的。

　　游艇的驾驶舱内还有三个人。一个仰面朝天地躺着的死人，他是从舵轮座上掉到座位下；另一个也死了，倒在了位于船尾用来支撑右舷的柱子旁的甲板排水孔上，背弓着，很大的一堆；第三个倒还有生命迹象，但昏迷了很久，侧躺着，头靠在一条胳膊上。

　　游艇的底舱里面全部是汽油，随着船的摇晃，汽油会随之发出一阵一阵晃荡的响声。那个人就是哈里·摩根，他觉得这是从他肚子里发出的声音，他的意识已经模糊了，这时候他觉得自己的肚子就犹如一个大湖，在晃动的时候湖水拍打着湖岸。他现在仰面朝天躺着，两膝蜷着，脑袋往后仰。湖水，也就是他的肚子，很凉，非常凉，他现在非常冷，而且周围的一切都在汽油里泡过，散发着汽油味，他觉得自己一直在用橡皮管吸油箱的汽油。他明白根本没有油箱，虽然他能感觉到似乎嘴里被塞进了一根冷冰冰的橡皮管。现在管子被卷了起来，冷冰冰的，而且非常重，穿透了他的身体。他努力地呼吸，他觉得自己每吸一口气，管子变得又凉又硬，好像还盘在他的小腹里。他能感到它就在那里，在摇晃的湖面上，如同一条滑腻腻的大蛇在扭动。他感到害怕，但是就算它在他的身体里，但它似乎隔了很长的距离，现在，让他觉得难挨的是寒冷。

现在他浑身上下都是冰冷的，那种冷不会让他感到麻木但却又有种刺穿透骨的感觉。这时他只能这样直挺挺地躺着，忍受着这种刺骨的寒冷。有这么一段时间，他觉得如果能把身体撑起来，那就会像盖了一条毛毯一样让他感到暖和。有那么一瞬间，他似乎觉得他已经能够自己站起来，他暖和不再寒冷了。然而其实这种暖和是因为他在抬起双膝盖时引起的大出血。随着这阵温暖慢慢地减弱，他明白现在根本没有人能设法撑起来，盖在自己的身上，根本就找不到应付寒冷的办法，只能任凭它摆布。他在那儿躺着，早已意识模糊了，在一段很长的时间里，他努力不让自己死去，利用着身体内仅剩的精力。现在，因为船在漂流，他的身体藏在阴影里，从头到脚越发寒冷。

从前晚 10 点起，游艇就一直在漂流，现在已经是下午稍晚的时候了。没有任何东西在墨西哥湾流海面上，偶尔只能看见一些海湾水藻。还有一些臃肿的薄膜泡裹着粉红色的水母，悠然自得地把头探出水面，一艘货轮在遥远的地方喷射着烟柱从坦皮科①往北移去。

---

① 坦皮科（Tampico）：墨西哥海湾畔一海港城市，位于墨西哥塔毛利帕斯州东南部。

第二十一章

"嘿。"理查德·戈登对他妻子说。

"你上衣和耳朵都有唇膏印。"妻子说。

"那又怎样?"

"什么那又怎样?"

"我看到了你和那个丑陋胖子两个人醉醺醺地躺在长沙发上,你说怎么了?"

"你没看到。"

"那你说我应该在哪里看到你们?"

"你看的时候,我们坐在沙发上。我们就坐在长沙发上而已。"

"在黑暗里。"

"你刚刚到哪儿去了?"

"去布拉德利家了。"

"这不对了。"她说,"离我远点,我闻到了那个女人的臭气从你身上散发出来。"

"那你身上就没有臭气?"

"我身上当然没有。刚刚我不过坐着和一个朋友讲话。"

"你亲他了吗?"

"没有。"

"他亲你了吗?"理查德·戈登的声音提高了。

"亲了,我喜欢他,我就会亲。"

"你这个贱人！"

"你如果再这么骂我，我就会离开你。"

"你这个贱货！"

"好的，"她说，"现在都结束了。如果你觉得那样很了不起，而我待你又那么好，你应该知道很久以前事情就该结束了。"

"你这个贱货！"

"你说错了，"她说，"我不是什么贱货。一直以来，我都在尽量做个好太太，可是你就像一只在谷仓旁趾高气扬的鸡，既自私又自以为是，总是对着我嗷嗷大叫：'看，我做了多少事。看，我给你带来多少快乐。嘿，让开。'行了吧你，你根本就没让我快乐。我觉得你恶心死了。"

"是啊，你什么东西都没生出来。"

"没有孩子是谁的错？是我不想要孩子的吗？不是你老说没钱养孩子吗？对，我们没钱养孩子。却有钱去昂蒂布角①游泳，有钱去瑞士滑雪，有钱来基韦斯特。你让我觉得恶心！今天，我已经对你和那个姓布拉德利的女人忍无可忍了。"

"不要把她扯进来。"

"你回到了家，可是你的全身上下都是唇膏印。难道你就不能洗干净了再回来吗？太过分了，就连脸上都有！"

"可你吻了那个醉醺醺的蠢货。"

"没有。我真的没有吻他。但是，我如果早知道你在外面风流快活的话，我就一定会吻他的 。"

"你为什么让他吻你的嘴？"

"当时我十分生你的气。我在等你，可是我等啊等，你就是

---

① 昂蒂布角（Capd'Antibes）：游览胜地，位于法国阿尔卑滨海省。

不到这儿来找我。你和那女的是一离开了就是好几个小时，所以约翰才送我回家的。"

"哦，约翰，对不对？"

"对了！约翰，约翰，约翰！"

"告诉我他姓什么？是托马斯吗？"

"他好像是姓麦克沃尔赛。"

"你为什么不把它拼出来？"

"我真的拼不出来。"她说着就大笑起来。但是她不知道，这是她最后一次笑了。"不要以为我笑了就什么都过去了。"她说，眼里噙着泪水，嘴唇发抖。"当然不可能。今天，这一场吵架是不普通的，它是我们的彻底结束。其实我并不恨你，可是就是对你有一种厌恶的感觉，总之我和你之间结束了。"

"行了。"他说。

"不行，当然不行！我们一切都结束了，你能明白吗？"

"我想知道到底是怎么回事。"

"想都别想。"

"你不要说得这么夸张，海伦。"

"你觉得我在夸大其词吗？算了！反正我跟你已经结束了。"

"不，你没有。"

"够了，我什么都不想再说了。"

"你要干什么？"

"我现在还不清楚以后干什么，或许和约翰·麦克沃尔赛结婚也是不错的。"

"你不会这么做的。"

"如果我想的话，就会。"

"他不会和你结婚的。"

"当然的，他会的。就在今天下午他已经向我求婚了。"

理查德·戈登不再说话，他的心一下子被掏空了。

"他跟你做了什么？"他的声音仿佛从很遥远的地方传来似的。

"求婚。"

"为什么？"

"因为他爱我，他想和我在一起，我们一同生活。他说了可以赚钱养我。"

"可你已经嫁给我了。"

"是吗？你有跟我在教堂里结婚吗？这些你非常清楚，我妈因为这件事情，心都操碎了。那时，我对你的情感是那么真挚、热烈，为了你，我不惜让所有爱我的人心碎。老天，我当时真是个彻彻底底的傻瓜。我的心也跟着碎了，我的心如死灰了。那时，为了你我把自己信仰的、热爱的一切都抛弃了，认为你是个顶天立地的男子汉，因为我觉得你是深爱着我的。我把爱情当作了生活中最最重要的东西，把爱情当成人一生中最伟大的事情，不是吗？只有我和你有爱情，别人不会有或者无论如何也不可能有，对不对？你是天才，而我就是你生活的全部。我是你的妻子，是你的小黑花，这就够了。然后爱情的另一面全部都是下流无耻的谎话。爱情是我痛经时让我恢复知觉的厄果阿比奥①药丸；因为你不想有孩子，爱情是让我吃到耳朵变聋的奎宁②。爱情是你逼我所做的堕胎手术；爱情是我被搅得全部错位的内脏。它有一半是导管，一半是冲洗。我终于懂得了什么是爱情。爱情散发

---

① 厄果阿比奥（ergoapiol）：一种调经药，原本是商标名。
② 奎宁是用来堕胎的。

着像来苏儿①的气味，被挂在洗澡房的门背后。它让爱情下地狱去吧！爱情是你让我快活，但是却张着嘴睡着了，但我却整整一夜醒着，甚至不敢做祷告，因为我明白我再也没有资格做了。得了，我跟你之间结束了，跟爱情也结束了!"

"你这个爱尔兰荡妇。"

"只有你会骂人? 我也会。"

"可以了。"

"不，不可以。我对你总是一再容忍，假如你真的是一个优秀的作家，也许我对你的另外的一切还能容忍。但是我看到的只有你尖酸刻薄的言语，忌妒的性情，你常常为了迎合时尚，改变自己的政治主张，总是在人前巴结他们，到了人后却对他们指指点点。我总是看到这样的你，我都开始厌恶了。接着，你今天碰上了那个女人，那个姓布拉德利，肮脏的、富裕的荡妇。我讨厌这样! 我一直对你是尽心尽力的，关心你、忍受你、照顾你。家务全部是我一个做，做饭，洗衣服。当你不想听我说话时，我就沉默不开口;当你想开心时，我陪你开心，还要保持着愉快的表情。我一直在迁就你的狂热、猜疑和小家子气，现在我终于可以松口气了。"

"也就是因为这些琐事，让你现在要和一个醉醺醺的教授重新开始了?"

"他是个真正的男人。他脾气好，天生宽厚，他让我感到舒服。我们之间有很多相同的地方，你永远不会懂得我们的人生观，我觉得他就像我的爸爸一样。"

"他就是个酒鬼。"

---

① 来苏儿（lysol）：一种杂酚皂液，原本是商标名。

"他喝酒，我爸爸也喝。我爸爸总是喜欢穿羊毛袜，你可以想象那样的情景，宁静的黄昏时分，他把两只脚搭到另一张椅子上，舒服地坐在那儿看报。我们喉咙发炎时，他细心照料我们。他是个锅炉工，他的两只手上全是口子，他喝酒之后就喜欢打架，当没有喝酒时，也可以打架。为了我妈妈他可以去教堂做弥撒，为了我妈妈他会去参加复活节里的宗教仪式。在工会他是个好会员，就算他会和另一个女人发生关系，他也不会让我妈知道一点。"

"我可以肯定他和很多女人乱搞过。"

"也许吧，就算他真的做了什么对不起我妈的事情，他不是告诉她，而是向神父倾诉。再说了，如果他有过这种事，也是由于他控制不住自己。之后，他会感到不好受，会懊悔。总之他并不是因为好奇心而做这种事，也不是粗俗的好强，更不是为了在他的妻子面前显示自己作为男人的自以为是。如果他做过这种事，也是由于妈妈带我们去避暑，他跟兄弟们一起出去喝多了。在我心里他一直都是个真正的男人。"

"你当作家也不错，可以写关于他的书。"

"我如果当作家也一定比你厉害。约翰·麦克沃尔赛就是个好男人，而你不是。"

"我从来就没有什么宗教信仰。"

"我也没有。其实从前的我是有的，我相信在将来我也会有。你是抢不走它的，你已经把另外的一切都抢走了。"

"不！"

"不！你和任何富裕的女人都可以上床。像埃莱娜·布拉德利，她很喜欢你，不是吗？她认为你很了不起，不是吗？"

理查德·戈登望着她充满悲伤和愤怒的脸，她的嘴唇被雨淋过似的滋润地肿着，她深色鬈发乱乱地披在脸上。她因为哭泣反而显得更漂亮了，可是最终理查德·戈登放弃与她和好的念头，他只是问了句："你真的不打算与我和好了，对吗？你已经不再爱我了，是吧？"

"我甚至憎恨爱这个字眼。"

"好。"他说，然后突然狠狠地扇了她一个耳光。

她哭了，不是因为生气，而是因为真的被他打疼了，她脸贴到了桌子上。

"你不用这么做的。"她说。

"我当然需要，"他说，"你知道的事倒挺多的，但你不知道我是多么需要这么做。"

那天下午，门是大开着的，她除了雪白的天花板以及天花板上装饰的蛋糕色丘比特、鸽子和涡卷形图案之外，其他的什么也看不见，阳光透过开着的门照了进来，忽然把这些照得一清二楚。

理查德·戈登回过头去，看到了一个男人，脸上有胡子，笨重的身影卡在门口。

"别停下，"埃莱娜说，"求你别停下。"她的头发铺在枕头上。

但是理查德·戈登却停下了，依旧转着脸，目不转睛地看着那个男人。

"别管他，你什么都不用管。"那个女人在深切的渴望中催促着，"你现在不能够停，你知道的现在不能停下！"那个脸上有胡子的男人面带微笑的把门轻轻关上。

"怎么回事，亲爱的？"埃莱娜·布拉德利问。现在，这里又陷入黑暗中。

"我必须走了。"

"你现在不能走，你知道的!"

"那男人……"

"肯定是汤米了。"埃莱娜说，"他知道这些事的。别在意，来吧，亲爱的，继续。"

"我真的继续不下去了。"

"你得继续。"埃莱娜说。她颤动着紧紧地靠着他的肩膀，他感觉到了她的哆嗦。"天啊! 对于女人的感受难道你从来都不在意吗?"

"我必须走了。"理查德·戈登说。

黑暗中，他感觉脸上被狠狠打了一拳，他眼前直冒金星。接着，又是一下。这次他的嘴被打破了。

"没想到，原来你是这种人啊!"她对他说，"本来我认为你是个有见识的人。哼，快点给我滚!"

这件事是今天下午发生的，这便是发生在布拉德利家这件事的结果。

这时，房间里安静极了，戈登和妻子面对面坐着，他的妻子的头贴在横放在桌子上的双手上。他们两个人都不说话，屋子里只能听到时钟的嘀嗒声，他的心里也随之空落落的。过了一阵儿，他的妻子开口了，但没有看他："事情闹到这步田地我感到非常遗憾。但是，你看，事情完结了，对不对?"

"对啊，如果以前一直都这样的话。"

"当然事情不是一直都是这样的，但是这样已经有很长时间了的吧。"

"对不起，我打了你。"

"没关系，真的那算不上什么的。或许这不过是分手的一种方式罢了。"

"不要。"

"我一定要离开的，"她充满疲倦地说，"这个大手提箱我也要拿走。"

"到了早晨再走吧。"他说。

"迪克，我宁可现在走，我想这样会比较好。可是，我头很痛，我觉得非常累。这一切把我搞得累极了。"

"你想做什么就做吧。"

"天哪！"她说，"我真希望这事没发生，但它已经发生了。当然我会帮你尽量安排好每一件事。必须有个人来照顾你。假如我什么话都没有说过，假如你没打过我，或许我们还有和好的可能。"

"不，在那之前就已经结束了。"

"真的很抱歉，迪克。"

"你不要再对我说抱歉了，要不然，我会再打你耳光的。"

"我觉得如果你扇我的话，我会感觉好些。"她说，"我真的对你感到抱歉。噢，真是这样的。"

"下地狱去吧。"

"真的很抱歉，我的确说过在床上你不行。其实这些事情，我是一窍不通的。我猜你应该是很棒的。"

"你不是个很好的伴。"他说。

她又开始哭了。

"你真狠，你所说的话比扇我耳光还让我难过。"她说。

"行了，瞧你刚刚说的什么话！"

"我不知道说了什么，我什么都不记得了。"

"好了，我们的一切都结束了，为什么你还显得那么痛苦呢?"

"其实我并不是想结束。确实结束了，现在一点办法也没有了。"

"那个醉鬼教授会被你拥有。"

"不!"她说，"我们就不能少说两句吗?"

"能。"

"真的能吗?"

"能。"

"我在外面睡。"

"不! 你还是睡床吧，你必须睡床。现在我要出去一会儿。"

"不要出去。"

"我必须出去。"他说。

"好吧，永别了。"她说。

他望着她那张脸，那是他一直喜欢的脸，是一张哭起来也美丽无比的脸，她黑色的鬈发，她那躲在套衫下、往前靠着桌子边上的小巧结实的胸部……

隔着桌子她看着他走出了房子，她双手托着下巴一直在哭。

第二十二章

他没有骑脚踏车，而是走在街上。月亮在这个时候升了起来，那些树木在月光照射下，显得黑黝黝的。他从透着灯光的紧闭着百叶窗的一所所木板房边走过。一道道没有铺上石子的小泥路，两边尽是一排一排的房子。这个沿海小岛上的小镇位于佛罗里达州南部，所有的东西都是刻板的，好的、坏的，沙粒和煮石鲈鱼，营养不良，偏见、正直，各个种族生的混血儿和宗教的安慰。一间古巴人开的博彩球戏①还在营业，破烂不堪的木房子的灯亮着，却有个带着些许浪漫色彩的店名——"比如红袖坊""奇恰人②屋"等。用压制石砌的那座教堂，尖塔陡峭，在月光映衬下呈现出丑陋的三角形。

在月光下，女修道院长长的黑色圆顶和大庭园，显得格外迷人。在一片有个微型高尔夫球场的空地旁，有一个加油点和一个专门卖三明治的小吃店，都灯火通明。他走过那条灯火通明的街道，街道上店铺林立，药房三家③、乐器铺一家、犹太人的铺子五家、弹子房三家、理发屋两家、啤酒店五家、卖冰激凌的铺子三家、餐馆五家差的和一家好的、卖报纸刊物的铺子两家、旧货铺四家、（当中配钥匙的是一家）照相馆一个、办公大楼一栋，楼上还有牙医诊所四个、颇有规模的平价百货店一个、开在街角

---

① 博彩球戏（bolito）：一种用小球来猜数的赌博。
② 奇恰人（Chicha）：一个印第安部落中的人，位于玻利维亚中南部的波托西省。
③ 美国的药房还卖糖果、冷饮热饮、书籍和其他杂货，它实际上是杂货铺。

的旅店一家，停在对面一辆一辆的出租车。穿过旅馆后面的那条街，来到那个乌烟瘴气的地方，那所没有漆油漆的木板房，门口点着一些灯，还站着几个姑娘，自动钢琴把音乐放出来；有个水手坐在大街上；接着，在 10 点半时，穿过带有夜光钟的砖砌的法院大楼，走过在月光中闪闪发亮的、被粉刷得白白的监狱，一直到紫丁香时光酒吧搭建的遮荫篷的入口处，那边的小路上挤满了一辆辆汽车。

理查德·戈登走进紫丁香时光酒吧时，里面全都是人，灯火通明。赌场的房间里挤满了人，轮盘赌桌上的轮盘不停地转动，安装在盘子里的一些金属隔板被小球急促地撞着，轮盘缓缓地转动。小球快速地打滚，接着发出"嗒嗒"的跳动声，一直到它停下，还剩轮盘在转动，以及筹码撞击的"嗒嗒"声。老板和两个酒吧间招待员正在吧台旁边招呼着顾客，他说："嘿，戈登先生，你好。今天，你想喝点什么？"

"什么都行。"理查德·戈登说。

"发生了什么事？你的气色看起来真的很不好。你不舒服？"

"是啊。"

"我给你来点好的，能让你的精神振奋起来。你试过一种西班牙苦艾酒吗？奥赫恩酒？"

"给我吧。"戈登说。

"你喝了这杯酒之后，你一定会精神起来了。"老板说，"把一杯特制的奥赫恩酒递给戈登先生。"

理查德·戈登站在了吧台旁，喝下了三杯特制的奥赫恩酒，但他却没有一点好转的感觉。那浑浊的、甜腻的、冰凉的、混合着甘草味的饮料并没能让他觉得跟原来有什么不一样。

"再给我来一杯别的酒。"他对一个酒吧间招待员说。

"你不喜欢这特制的奥赫恩酒?"老板说,"你不觉得好喝吗?"

"不好喝!"

"你喝过那种酒之后,再喝别的要小心。"

"给我拿一杯纯威士忌好了。"

威士忌让他的舌头和喉咙后部都暖和起来了,但是一点都没改变他的想法。然而,突然他从吧台后的镜子里看见自己的样子,其实他也明白喝酒对他而言没有什么用处。无论他现在心情怎样,根本摆脱不了。现在就算他真的喝得酩酊大醉,可是他还会醒过来,他还是不能摆脱。

在酒吧柜前站着个身材瘦长的、下巴上留着稀稀落落胡楂儿的年轻人,年轻人来到他身旁,说:"你就是理查德·戈登吧?"

"是的。"

"我是赫伯特·斯佩尔曼。我们应该是见过面的,有一次在布鲁克林的一场晚会上。"

"大概是吧,"理查德·戈登说,"可能是。"

"你最近出的那本书我真的很喜欢,"斯佩尔曼说,"其实我喜欢你所有的书。"

"我很开心!"理查德·戈登说,"来一杯吗?"

"我们干一杯吧,"斯佩尔曼说,"你不试试喝这种奥赫恩酒吗?"

"这对我来说没任何用处。"

"能够告诉我发生什么了吗?"

"心情不好。"

"要不你再试着喝喝这杯吧!"

"不用了,我宁愿喝威士忌。"

"你能明白,我能够遇见你,真的很震惊。"斯佩尔曼说,"我想,你不会是忘记那个晚会了吧?"

"是啊！但是，那也许是个好晚会。"

斯佩尔曼提示他说："还记得吗？是在玛格丽特·范布伦特那儿。你有没有想起什么？"

他满怀期望地问。

"我在努力回忆。"

"那时，我还放火烧了那儿。"斯佩尔曼说。

"没有吧。"戈登说。

"有的，"斯佩尔曼欢快地说，"那真的是我参加过的最棒的晚会。"

"你如今在做什么？"戈登问。

斯佩尔曼说："没事就随便转转。现在我对什么都没有干劲儿。你还在写新作品吗？"

"嗯。大概写完一半了。"

"我真的很期待啊！"斯佩尔曼说，"有关什么内容？"

"关于某家纺织厂的罢工。"

"太妙了，"斯佩尔曼说，"不瞒您说我对一切有关社会冲突的事都着迷。"

"啊！"

"我可喜欢这种题材了。"斯佩尔曼说，"我对任何别的东西都没那么喜欢。你肯定是最了不起的。告诉我，您的书中有没有一个迷人的女犹太鼓动家？"

"为什么？"理查德·戈登好奇地问。

"西尔维亚·悉德尼①演过那样的角色。我真的特别喜欢她。

---

① 西尔维亚·悉德尼（SylviaSidney）：美国女演员，活跃于舞台以及电影界，系俄罗斯犹太移民后裔，擅长演性格火暴、行动泼辣的妇女，尤其是讲述美国大萧条时的影片中的角色。

她的照片你要看吗？"

"我看过。"理查德·戈登说。

"再干一杯吧，我们。"斯佩尔曼语气快活地说，"我真的是幸运极了，居然能在这儿碰到你。"

"为什么？"理查德·戈登问。

"我有疯癫病，"斯佩尔曼说，"嘿，得了这种病感觉真的很奇妙，说发作就发作，就好像坠入情网一样。"

理查德·戈登警惕地往旁边挪了一点点。

"您别担心，"斯佩尔曼说，"我从来不会乱伤人。确实这样，我绝对没有随便伤过人。继续，我们来干一杯。"

"你会一直疯癫吗？"

"的确是这样。"斯佩尔曼说，"我敢这样说，在这个时代里，或许这是唯一寻乐子的方法。道格拉斯航空公司都做些什么，和我有关吗？美国的电话电报公司做些什么，和我有关吗？我对这一切从来都不关注。我只要读读你的书，或者，来喝一杯，或者，看看西尔维亚的照片，我会觉得非常快乐。我好比一只鸟，我是……"他看来似乎有些犹豫不决，在找一个字眼，然后匆忙地说下去。"我是一只讨人喜欢的小鹳鸟。"他心直口快地说出来，脸完全涨红了。他抖动着嘴唇，目不转睛地看着理查德·戈登。这时一个头发金色的高个子年轻人离开了人群，走到吧台旁来到斯佩尔曼身边，在他的胳膊上搭了一只手。

"走吧，哈罗德。"他说，"到时间了，我们该回家了。"

斯佩尔曼用狂热的眼神看着理查德·戈登。"他讥笑一只鹳鸟，"他说，"他从一只鹳鸟旁走开了。那是一只在天空盘旋飞翔的鹳鸟……"

"走吧，哈罗德。"那个高个子青年说。

斯佩尔曼把手伸向理查德·戈登。

"您不要介意，"他说，"你真是一个优秀的作者。你要不停笔地努力写下去。要记住，我一直很快乐，你不要被他们弄糊涂了。告辞。"

那个大块头把胳膊搭到了他的肩上。穿过拥挤的人潮，他们俩向门外走去。斯佩尔曼回头冲着理查德·戈登直眨眼。

"是个不错的人。"老板用指头敲着自己的脑袋说，"念过书。我觉得可能就是念书念得太多了，爱砸玻璃杯。不过他应该不是故意损坏，还有不管砸烂了什么，他都会照价赔偿的。"

"他经常上你这儿来吗？"

"黄昏时通常都在。他刚刚说自己是个什么来着？一只天鹅？"

"一只鹳鸟。"

"还有一晚，他说自己是一匹带翅膀的马。除了多两只翅膀，其余的就是白马牌跟印在威士忌瓶上的一样。对极了，他是个挺好的人，很富有。有一些莫名其妙的想法。现在他离开了家人只和他的管家在这里生活。他曾对我说过，戈登先生，他最爱看那些你写的书。你想喝些什么？我埋单，不收钱。"

"一杯威士忌。"理查德·戈登回答，他看见治安官走向他。那个治安官的个子很高，身材瘦削，但对人却十分的温和。那天下午理查德·戈登曾在布拉德利家办的茶话会上见过他，他们还一起聊过有关抢银行的那件案子。

"嘿，"那个治安官说，"如果你闲着没事做，那就不妨等会儿和我一起去。哈里·摩根的那艘船正在被海岸警卫队拖回来。那通知的信号是由位于马塔坎贝海岸外的一艘油船发出的。他们把所有的人都找到了。"

"我的天！"理查德·戈登说，"他们把所有人都找到了？"

"电报上是说，除了一个活人外，其余的都死了。"

"你清不清楚，没有死的那个人是谁？"

"这个他们没说，我想恐怕只有上帝知道了。"

"他们找到钱了吗？"

"不知道。如果他们没有把钱带到古巴，那些钱一定还在船上。"

"他们什么时候能靠岸？"

"估计两三个小时以后。"

"船被他们开到哪儿了？"

"拖到海军船坞，我觉得。海岸警卫队的船就在那儿上码头。"

"那我要去哪儿找你？"

"我会拐过来找你的。"

"到这儿，还有，到弗雷迪的那间酒吧。在这里，我无法再泡下去了。"

"今晚弗雷迪那儿一定是乱糟糟的场面。从各小岛上来的老兵①把那里挤满了，他们总闹乱子。"

"现在。我真的很想去看看那里的景象，"理查德·戈登说，"我的心情真的郁闷极了。"

"行，可千万不要惹麻烦。"治安官说，"再过两个小时，我就过来带你去看看，你需要搭我的顺风车吗？"

"多谢！"

他们从拥挤的人群里挤了出去，理查德·戈登上了车，在治安官的身旁坐了下来。

---

① 指一战中幸存的老兵，胡佛总统以及罗斯福总统先后把他们安置在美国沿海的岛屿上。

"你猜摩根的船里出了什么事？"戈登问。

"只有上帝知道，"治安官说，"听说上面的情景恐怖极了。"

"他们还有没有听到别的什么消息吗？"

"没有，"治安官说，"喂，看那儿，行不行啊？"

他们的前面是一片明亮的弗雷迪酒吧间宽宽的正门，人一直挤到人行道上。身着粗蓝布工作服的那些男人——没有戴帽子的、戴着鸭舌帽的、戴旧军帽的和戴硬纸板做的盔帽——挤在酒吧间里推推搡搡，水泄不通。带有扩音器材的投币唱机放着《卡普里岛》①。他们停下车时，一个男人猛地从大开的门里冲了出来，另外一个男人扑到他身上。他们扑倒在地上，两个人在人行道上滚成一团。

压在上面的男人用双手抓着另一个男人的头发，一次次地把他的头撞在水泥地上，发出"砰砰"的响声，让人听得毛骨悚然。在酒吧间门口没有一个人留意他们。

治安官下了汽车，抓住压在上面那个人的肩膀。

"都住手，"他说，"快起来。"

那人站直身体，盯着治安官，"看在上帝的分儿上，你难道就不能不狗拿耗子吗？"

另一个人的一只耳朵鲜血直流，有的血沾在头发上，满是雀斑的脸上流下了更多的血，他正冲着治安官摆出拳击的架势。

"别骚扰我兄弟，"他粗声粗气地说，"干吗？你难道觉得我承受不了吗？"

"乔伊，你还受得了吗？"那个头被撞到水泥地上的人说。"听着，"他转过脸对治安官说，"一块钱，可以给吗？"

"不能。"治安官回答。

---

① 卡普里岛，该岛位于意大利。此处为乐曲名。

"那下地狱去吧。"他转向理查德·戈登，"你可以给我吗，兄弟？"

"走吧，我们去喝一杯。"戈登说。

"走吧。"那老兵说着拽着戈登的胳膊。

"等一会儿我来找你。"治安官说。

"行。我等着你。"

那满脸雀斑、头上流血的人拽着戈登的胳膊，他们侧身从酒吧间尽头挤进去。

"我的老朋友。"他说。

"他没事的，"另一个老兵说，"他能承受。"

"看见了没，我受得了？"满脸是血的人说，"我赢了他们，就是靠这一手。"

"可是你无法抵挡，"有人说，"别推推搡搡的。"

"我们进去吧。"满脸是血的人说，"走，跟我们进去吧。"他凑到理查德·戈登的耳朵旁小声说："我不用抵挡。我可以承受，看到了没？"

"听我说，"最后当他们挤到了洒满啤酒的湿漉漉的酒吧柜旁时，另外一个老兵说，"你应该看看他中午在第五兵营杂货铺里的状况。我把他撂倒在地，他的头被我像打鼓一样用酒瓶子揍。我敢说我足足揍了他有五十下。"

"不止呢。"那个脸上流血的人说。

"那对他有什么影响？"戈登问。

"我受得了，"另一个人说。他把头凑到了理查德·戈登的耳旁小声说，"我有个秘密。"

那个腆着肚子，穿着白上衣的黑人招待推给理查德·戈登三杯倒好的啤酒。他递了两杯给他们。

"你的秘密到底是关于什么的？"戈登问。

"我，"那个脸上流血的人说，"是关于我的秘密。"

"他没骗人，"另一个老兵说，"他的确有个秘密。"

"想听吗？"那个脸上流血的人凑到理查德·戈登的耳旁说。

戈登点了点头。

"其实被揍根本没有想象的那么痛。"

"告诉他，应该说出最精彩的部分。"另外一个人点头表示同意。

那个头上流着血的人差不多把他那流着血的嘴唇凑到了戈登的耳朵上。

"你能说说挨揍是什么感觉吗？"

站在戈登身旁的是个高个子。他的脸上有一条疤从一个眼角边一直延伸到下巴。他龇着牙笑了，低头看了一眼那头上满是血的人。

"开始，这只是一种技术，"他说，"再后来，就变成了乐趣。这个世界上如果还有什么事情让我不喜欢，我最不喜欢的就是你，雷德。"

"你真是太招人讨厌了。"第一个老兵说，"之前你在部队都干什么？"

"这跟你无关，傻不拉叽的蠢货。"那个高个说。

"我们再干一杯？"理查德·戈登问高个子。

"不，谢了。"另一个人说，"我这儿有呢。"

"别忽略了我们。"一个同戈登一起进来的人说。

"再给我们上三杯啤酒。"理查德·戈登说。那黑人侍者立刻倒好三杯啤酒，推向他们。拥挤的人群中，他们甚至没有多余的地儿抬起胳膊去端这三杯啤酒，戈登被推搡得贴到了那个高个子身上。

"你是从船上来的吗？"高个儿问。

"不，我是这儿的人。你是岛上的?"

"我们今晚刚刚从托尔图加斯来到这里。"高个子说，"我们在那边惹了不少麻烦，乱了就被他们赶出来了。"

"他是个红色分子。"第一个老兵说。

"如果你有点脑子，你也会是的。"高个子说，"我们给他们闹了很多的乱子，就被他们给赶到那里，这样他们就把我们给甩掉。"他龇着牙冲理查德·戈登笑了。

"拦住那家伙。"有人大叫，然后理查德·戈登看见一张放大的脸出现在面前，那脸挨了一拳。其余两个人把被揍的男人拽出了酒吧，在外面的空地上，一个人狠狠地往那人脸上揍，另外一个人揍他的身体。他倒在水泥地上，拿他的两条胳膊遮住头。他的腰被他们中的一个狠狠地踢了一脚。整个期间，他竟然连吭也没有吭一声。又有人猛地拽了他一下，拽得他直起身来，把他紧紧地推到墙上。

"让这狗杂种清醒一下，"他说。那个脸色苍白的人，就这样软塌塌地贴在墙上。这时，另一个人摆好架势，微微弯起膝盖，接着往上去挥右拳，揍到他的下巴上。他向前跪倒，然后缓慢地打了个滚儿，头马上泡在一摊鲜血中。那两个人把他扔在外面，笑嘻嘻地走进酒吧间。

"兄弟，你出拳真帅。"有人说。

"那个狗杂种来到城里，将他的工钱全存进邮政储蓄银行。然后他晃荡到了这儿，偷偷喝酒吧柜上的酒。"另一个说，"这是我第二次让他清醒清醒了。"

"这一次你使他清醒了。"

"我刚刚揍他的时候，我可以感觉到他的下巴就像一袋子弹似的骨碌碌滚掉了。"另一个语气快活地说。那人贴墙躺着，根本没人注意他。

"听着，就算你们那样揍我，我也不会感觉到一丁点儿疼。"头上淌血的老兵说。

"闭嘴，老酒鬼！"那个爱帮人清醒的人说，"你染上了老梅病①。"

"哪儿有，我没有。"

"我讨厌你们这帮醉醺醺的浑蛋，"那个使人清醒的人说，"你为什么要在这儿弄断我的手呢？"

"这就是你该做的事，把你的手弄断。"头上淌血的人讲，"听好，朋友，"他冲理查德·戈登说，"再干一杯如何？"

"他们的确是棒小伙。"那个高个子说，"战争是一种力量，能够净化人的灵魂，使人变得高尚。关键是，是否只有在这里像我们这样的人才能当兵呢？抑或说，是否不同的职位把我们弄成了这个样子？"

"我不明白。"理查德·戈登说。

"我们打个赌吧！在这群人里去应征绝对超不过三个。"那个高个子说，"这帮人都是精华，从奶渣上刮出来的、在最上面的一层新鲜奶油。就是带着他们威灵顿②才赢得了滑铁卢的战争。把我们赶出了安蒂科斯蒂岛③海滩的是胡佛先生④，可是将我们送到这儿来并甩掉的是罗斯福先生⑤。他们搞了一个营地，在一些方面就好像是在邀请一场瘟疫到来，不过那些可怜虫命硬。我们中的一些人被他们弄到托尔图加斯，现在看来那里还算干净。话说回来，我们也不能容忍。因此他们将我们送回来

---

① 老梅病，俚语，指梅毒。
② 威灵顿（Wellington, 1769—1852）：英国元帅，1815 年于比利时滑铁卢城镇带领英、普联军打败拿破仑部队而威名远扬。这里是比喻。
③ 安蒂科斯蒂岛（Anticosti）：位于圣劳伦斯湾内的加拿大魁北克省东南岛屿。
④ 胡佛（Hebert Clark Hoover, 1874—1964）：美国第三十一任总统。
⑤ 罗斯福（Franklin Delano Roosevelt, 1882—1945）：美国第三十二任总统。他用新政终结了英国的经济大萧条。

了。下一步要做什么？无论如何他们都要抛弃我们，你看出来了，对吗？"

"为什么？"

"我们这些人不过是些亡命徒，"那人说，"一无所有的人没有什么可以失去了。我们是被彻底兽性化了，我们没有脑子灵活的斯巴达克思①干得漂亮。但是，我们的心已经被揍得死掉了，无论你要试着去做什么事情都觉得非常困难，因为，唯一能得到的安慰就是喝得失去意识，唯一值得炫耀的就是能忍。但我们并不全是这样。我们当中有的人计划着要反击。"

"有很多共产党人在兵营里吗？"

"不多，只有四十个而已，"高个子说，"全部也就只有两千人。共产党人必须要遵守纪律，能够克制自我，一个醉醺醺的酒鬼根本做不了共产党人。"

"别听他的，"那个头上淌血的老兵说，"他就是个该死的激进分子。"

"听好，"另一个一起喝啤酒的老兵对理查德·戈登说，"我来说海军里的真实情况。让我来说给你听，你这短命的激进分子。"

"他说的都是醉话，"那头上淌血的人说，"自从舰队到达纽约之后，黄昏时，只要你在河滨大道上岸，在那儿留着长胡子的老光棍，你在他们的胡子里尿尿，只需要一块钱。你对这件事有什么想法？"

"我请你喝一杯，"那个高个子说，"请你把这件事给忘了吧！这些事情我不爱听。"

"我什么都记得，"那个头上淌血的人说，"你怎么了，朋友？"

---

① 斯巴达克思（Spartacus，？—前71年）：带领古罗马奴隶大起义的领袖。

"刚才说的那帮留长胡子的人的故事是真的吗?"理查德·戈登问。说到这儿他不由得恶心起来。

"我对着老天跟我老妈发誓,"那个头上淌血的人说,"该死,那根本不算一回事。"

一个老兵同弗雷迪在吧台边为了一杯酒钱争起来了。

"这就是你喝的。"弗雷迪说。

理查德·戈登仔细盯着那老兵的脸观察。他早已喝得不省人事了,双眼充血,或许他根本就是在找碴儿。

"该死的,你这说谎的人。"那老兵对弗雷迪说。

"给八毛五。"弗雷迪说。

"看这儿。"那头上淌血的老兵说。

弗雷迪将双手平着摆在吧台上,他凝视着那个老兵。

"你这个该死的说谎狂。"那老兵又说了一遍,他准备扔出一个随手抓起啤酒瓶,可是他的手还未碰着杯子,弗雷迪将一个外面包着一条酒吧间毛巾的装盐的大瓶子,用右手扔了出去。在酒吧柜上画了个半圆形,正好砸在了那个老兵的脑袋上。

"做得可利落?"那个头上淌血的老兵说,"做得可漂亮?"

"用锯短了的台球杆揍那些人时的情形,你真该看看。"另一个人说。

那个挨了盐瓶的人身边的两个老兵听到之后勃然大怒,他们死死地盯着弗雷迪。"为什么你要揍他呢?"

"别生气嘛!"弗雷迪说,"这杯酒店里埋单。嘿,华莱士,"他说,"帮我把这家伙拖出去,扔在外面的墙脚边。"

"做得可漂亮?"那个头上流血的人对着理查德·戈登问,"不是做得很帅吗?"

那个挨了盐瓶的人被一个身材矮墩墩的青年从人群中拖了出去。他把他拽得直起身来,那人神色迷离地望着他。"走吧,"他说，"到外面去，呼吸新鲜空气，或许对你有好处。"

那个刚才被清醒过的人依然双手抱住头贴墙坐着。

那个身材矮墩墩的青年走到他面前。

"你也滚，"他对他说，"你刚刚在这儿惹麻烦了。"

"他们把我的下巴打烂了，"那个被清醒过的人粗声粗气地说。他的嘴里流出了血，下巴上全都是。

"他打你那下才叫狠，你真走运，还没被打死。"那个身材矮墩墩的青年说，"滚，你快滚。"

"我的下巴被打烂了。"另一个沮丧地说，"他们把我的下巴打烂了。"

"滚，你赶紧滚。"那个青年说，"你就是麻烦精，就会给我惹麻烦。"

他扶那个下巴被打烂了的人站起来，那人跌跌撞撞地走到外面街上。

"我曾经见到过有十几个人贴在那墙脚边，那是在一个规模很大的集会上。"那个脑袋上淌血的老兵说，"那天清晨，我曾看见有个大个黑人用拖把拖地，手里还提了一个桶。我看见的那个提着桶在那儿拖地的人不是你吗？"他对着那个身材粗壮的黑人酒吧间服务员问。

"应该是的，先生。"那酒吧间的服务员说，"应该有很多次呢。是的，先生。但是你从来没有看见我打过任何人。"

"我不是跟你说过吗？"那脑袋上淌血的老兵说，"拎着一个桶。"

"夜晚将要有一个规模庞大的集会到来。"那个老兵说，"对不对，你觉得呢？"他对理查德·戈登说，"好吧。我们再干一杯怎样？"

理查德·戈登已经喝得意识模糊不清了。他看到那张映在酒吧柜后面镜子里的脸，变得如此陌生，他简直有点认不出来了。

"你叫什么？"他对那个高个子共产主义分子问。

"杰克斯，"那个高个子回答，"纳尔逊·杰克斯。"

"到这之前，你在哪儿呢？"

"四处走走，"那个人说，"像墨西哥、古巴、南美，四处走走。"

"真羡慕你。"理查德·戈登说。

"为什么要羡慕我？你为什么不给自己找份工作？"

"我是个作家，出过三本书，"理查德·戈登说，"现在我正在创作一本关于加斯托尼亚①的书。"

"哦，"那个高个子说，"真好啊！你刚刚说，你的名字是什么？"

"理查德·戈登。"

"噢。"那个高个子说。

"'噢'？你这样是什么意思？"

"没什么意思。"那个高个子说。

"我写的这些书，你看过吗？"理查德·戈登问。

"看过。"

"你喜欢吗？"

"一点也不喜欢。"那个高个子说。

"为什么？"

"我不想讲。"

"讲吧。"

"说实话，我觉得书上写的全是扯淡。"高个子说完，转身离去。

---

① 加斯托尼亚（Gastonia）：美国最大的纺织业中心之一。位于美国北卡罗来纳州中南部。

"这个夜晚是属于我。"理查德·戈登说,"这个夜晚,我真是大受欢迎。你刚刚说你要什么?"他问那个头上淌血的老兵,"我还有两块钱。"

"再来一杯啤酒。"那个头上淌血的人说,"听好,我们是铁哥儿们。我猜你的书是非常棒的。让那激进主义的浑蛋下地狱去吧。"

"现在你有没有带一本你的书呢?"另一个老兵问,"朋友,我挺乐意给一本看看。你给《西部故事》和《王牌战士》写过故事吗? 我喜欢看《王牌战士》,天天看都不觉得烦。"

"那个高个子是谁?"理查德·戈登问。

"我能肯定地说,他就是个激进主义浑蛋而已,"第二个老兵说,"像他们那类人,在营地上随处都可以看见。我们会把他们赶走,但是我可以肯定地说,营地上的大多数人都忽略了。"

"你的话是什么意思,到底忽略了什么?"那个头上淌血的人问。

"所有的一切都忽略了。"另一个说。

"你看见我了吗?"那个头上淌血的人问。

"当然看得见了。"理查德·戈登说。

"或许你根本想不到我的妻子是世上最棒的也是最可爱的!"

"为什么没有呢?"

"是的,我有。"那个头上淌血的人说,"她真的非常爱我,对我十分顺从,就像个奴隶。当我说'想喝杯咖啡',她就立刻回答我'好的,老爷,咖啡立刻就会端过来,其他事也是这样。她对我简直着迷了。就算是我心血来潮,那些古怪的念头,她也都奉为信条。"

"但是,她现在在哪儿呢?"另一个老兵问。

"是的,这是关键,"头上淌血的人说,"现在她在哪儿呢?"

"他不知道她在哪儿。"第二个老兵说。

"不仅如此，"头上淌血的人说，"我甚至想不起最后一次在哪里见过她。"

"他甚至不知道她是哪个国家的人。"

"可是，听我说，兄弟，"头上淌血的人说，"她无论在哪里，都是非常忠心的。"

"这倒是真的，"另一个老兵说，"你能拿你的性命为这个打赌。"

"有时是的，"头上淌血的人说，"我觉得她大概就是金杰·罗杰斯①，她早已走进电影里去了。"

"为什么不呢?"另一个人说。

"然后，我又看见了她，就那样乖乖地待在我家里。"

"她是在照顾家庭。"另一个人说。

"说得好，"头上淌血的人说，"她是世界上最好、最可爱的女人。"

"听我说，"另一个老兵说，"其实我也有一个很好的老太婆。"

"对极了。"

"可惜她已经死了，"第二个老兵说，"算了，我们不要谈她了。"

"你结婚了吗，兄弟?"头上淌血的老兵问理查德·戈登。

"是的。"他说。在酒吧柜的对面，穿过四个人，他清楚地看到了那个红脸庞、蓝眼珠的麦克沃尔赛教授，他那两撇浅棕色的小胡子沾上了啤酒沫。麦克沃尔赛教授正看着前方，就在理查德·戈登望着他时，他把他那杯啤酒喝光了。只见他噘了下嘴

---

① 金杰·罗杰斯（Ginger Rogers）：美国电影女演员，凭借《女人万岁》这部影片获 1940 年奥斯卡最佳女演员奖。

唇，舔掉了他小胡子上的啤酒泡沫。理查德·戈登留意到他那双蓝色的眼睛是那么明亮。

理查德·戈登目不转睛地看着他，心头涌起一种难以言表的感觉。这时，他第一次明白，什么叫作情敌见面分外眼红。

"怎么了，哥儿们?"头上淌血的老兵问。

"没什么。"

"你看起来不好受。我敢打赌，你现在心里很难受。"

"没有。"理查德·戈登说。

"你现在看上去就像是撞鬼了一样。"

"看到对面那个留着两撇小胡子的家伙没有?"理查德·戈登问。

"他?"

"是的。"

"他怎么了?"第二个老兵问。

"没事。"理查德·戈登说，"该死的。什么事都没有我说过了。"

"他让你烦恼吗? 我们可以帮你狠狠地揍他一顿。趁他不注意的时候，我们三个可以对他下手，你愿意的话，也可以踢他。"

"算了，"理查德·戈登说，"没什么意义。"

"等他出去了，我们就想办法截住他。"头上淌血的老兵说，"他那副模样，真让人讨厌。我看那狗杂种就是个坏蛋。"

"我恨死他了，"理查德·戈登说，"他毁掉了我全部的生活。"

"我们会修理他的。"另一个老兵说，"这个卑鄙无耻的家伙。听好了，雷德，你去找几个空瓶子。他会把我们活活弄死的。你打算什么时候动手? 来吧，我们再干一杯?"

"我们还有一块七。"理查德·戈登说。

"那好，我们最好再来一品脱。"头上淌血的老兵说，"现在我要上厕所。"

"你忍忍吧。"另一个人说，"对你来说啤酒是最好的，尤其是鲜啤酒。你还是待在这儿喝啤酒吧。我们去把那家伙狠狠地揍一顿，然后，我再回来喝啤酒。"

"不行！别动他。"

"怎么了？哥儿们。这可不只是我们的事。你不是刚刚说的吗？那个卑鄙无耻的家伙毁掉了你的老婆。"

"你们听错了，是我的生活，不是老婆①。"

"原来是这样啊！对不起，哥儿们。"

"他诈骗，毁掉了那家银行，"另一个老兵说，"我敢打赌，如果捉拿到他一定会得到悬赏的。上帝可以做证，今天我路过邮局时，还看到过他的相片呢。"

"你去邮局干什么？"另一个人怀疑地问。

"我去收到信，不可以吗？"

"怎么还在营地上收到信呢？"

"难道你认为，我是去邮局办理邮政储蓄的吗？"

"你那时候在邮局里干什么？"

"我真的顺便过去看看而已。"

"尝一下拳头的滋味吧！"他的伙伴说后竭尽全力从人群中向他扑过去。

"快来看吧！这两个住同一个营房的人，他们打起来了！"有人起哄，两个人不相互退让，他们扭作了一团，拼命地捶打着对方，跪倒在地，顶着头，被人们一路从门口推出去。

"叫他们到人行道上去打吧。"那个有宽厚肩膀的青年说，

---

① 在英文中，"生活"（life）和"老婆"（wife）发音相似。

"那拨浑蛋一夜要搞上三四回呢。"

"他们两个人都是不中用的拳击手,"另一个老兵说,"以前雷德拳的确打得不错,可是后来染了老梅病。"

"他们俩都染了这毛病。"

"雷德是在拳击台上与一个家伙打架时染上的这个毛病。"一个矮粗的老兵说,"那浑蛋得了老梅病,他的两肩和背上都是毒疮。每一次,他们相互钳住时,那个浑蛋就在雷德的鼻子下或者嘴巴上摩擦肩膀。"

"噢,去他的。他为什么把脸转成这个姿势?"

"在近身搏斗时,雷德就是这副姿势,他的脸一直朝下,就像这样。那个浑蛋就趁机贴近着他摩擦。"

"真他娘的!这简直就是胡说八道。你听说过吗?谁会因为跟另一个人干了一架而染上了老梅病?"

"这只是你的想法。听好,你看见过的生龙活虎的小伙子中,雷德是算得上十分干净的了。对他,我是非常了解的,他以前就在我的部队里,他一直是个优秀的战士。后来,他还和一个可爱的姑娘结婚了。我真的觉得他不错。但是那个本尼·桑普松害他染了老梅病,这就如同我站在这儿一样真真切切,半点不假。"

"请坐下来吧,"另一个老兵说,"狗娃,那个臭小子是怎么染上的?"

"他在上海染上的。"

"你呢?"

"我可没染。我很健康。"

"啤酒沫那小子在哪里染上的?"

"在回国之前,他和一个叫布勒斯特①的小妞在一起。之后就

---

① 布勒斯特(Brest):港口城市,重要海军基地,位于法国西部菲尼斯太尔省。

染上了。"

"我一直听你们这帮人在说老梅病这玩意儿。得了老梅病的人会有什么不同吗?"

"什么都没有,拿我们目前的情况来讲,"一个老兵说,"你染了老梅病,还不同样快活。"

"最快活的是狗娃。他压根儿不知道自己得了病。"

"老梅病是什么?"那个站在酒吧柜前的人问麦克沃尔赛教授。

"我也不知道为什么叫这个。"麦克沃尔赛教授说。

"我不知道。"那个人说,"从一入伍开始我就听说了那叫作老梅病的,还有的人亲切地喊它梅兄。但是,一般情况下他们都叫它老梅病。"

"它是怎么回事,我也很想弄清楚,"麦克沃尔赛教授说,"那些名称大部分是古老的英国字。"

"他们为什么叫它老梅病?"那个麦克沃尔赛教授旁边的老兵问另一个。

"我也不清楚啊!"

似乎没有人知道,不过每个人都沉浸在严肃的哲学讨论的氛围中。

这时理查德·戈登就站到酒吧柜前麦克沃尔赛教授的旁边。他是在雷德和狗娃打起来时,被人流推到了那里,他随波逐流。

"嘿,"麦克沃尔赛教授对他说,"你想来一杯吗?"

"跟你喝一杯,我没有兴趣。"理查德·戈登说。

"我猜你是对的。"麦克沃尔赛教授说,"之前你见到过今天这样的场面吗?"

"一次也没有。"理查德·戈登说。

"真奇怪,"麦克沃尔赛教授说,"他们的行为真是让人匪夷所思。通常我都会在晚上来这儿。"

"以前你有没有惹过什么麻烦呢?"

"不。为什么呢?"

"比如说,喝高了就去找人打一架。"

"我好像从来都没有碰到过什么麻烦。"

"几分钟之前,我的两个兄弟还曾有过想要狠狠地修理你一顿的念头。"

"哦。"

"我也挺希望他们能够这么干。"

"我觉得这没什么用。"麦克沃尔赛教授阴阳怪气地说,"假如你看到我会生气的话,那我现在就走好了。"

"没有,"理查德·戈登说,"现在我反倒很想了解你。"

"哦。"麦克沃尔赛教授说。

"你结婚了吗?"理查德·戈登问。

"曾经结过。"

"后来怎么样了?"

"1918 年我太太得了流感,染病去世了。"

"那你为什么现在想要再婚?"

"因为现在我觉得自己能够处理好婚姻的事情,我觉得自己可以做一个更好的丈夫。"

"可是你挑中的却是我的妻子?"

"没错。"麦克沃尔赛教授说。

"你这个该死的家伙!"理查德·戈登说完给他脸上来了一拳。

这时有人拽住了戈登的胳膊,他用力挣开了,接着不知道是谁一拳揍到他的耳后。麦克沃尔赛教授的脸仍旧在他面前晃悠,他就站在酒吧柜旁,红彤彤的脸,一双眼睛不停地眨着,伸手去取另一杯啤酒，把戈登泼掉的那杯换掉了。而理查德·戈登收回胳膊继续揍他。他这么做时，有个东西又在他后耳炸开了，立刻亮光乱晃、旋转，然后回归黑暗。

不多时，他就已经站在了弗雷迪酒馆的门口。他的头嗡嗡直响，满是人的房间在左右乱晃，简直天旋地转。他觉得浑身不舒服，他感觉到大家都在看着他。那个宽肩膀青年站在他旁边。"听我说，"青年说，"不要在这里惹是生非。这帮醉鬼到这里，已经够乱了。"

"刚才是谁打我？"理查德·戈登问。

"我。"那个粗壮的青年说，"那家伙是我们这里的常客。你别激动，也不要在这里招惹是非。"

理查德·戈登觉得头晕，他似乎有点站不稳，他看见麦克沃尔赛教授正拨开酒吧间前的人群，朝着他的方向走过来。"抱歉，"他说，"我没有想要哪个人揍你。我并没有怪你有这种感觉。"

"都是你的错！"理查德·戈登渐渐向他逼近。这是他记得的他最后的动作，因为那粗壮青年摆好架势，稍稍动下肩膀，又结结实实地揍了他一下。这次，他脸朝下倒在了水泥地上。那个粗壮的青年向麦克沃尔赛教授说："博士，没事了。"然后又一副谄媚的样子说，"他不会再找事了。话说回来，他到底怎么了？"

"他现在没事吧？"麦克沃尔赛教授这么回答，"我必须送他回去。"

"那当然。"

"你来帮我个忙，跟我把他扶到出租车里，可以吗？"麦克沃尔赛教授说道。

他们俩在出租汽车司机的帮助下，将理查德·戈登塞到一辆老旧的 T 形车里。

"你能确定他没事，对吧?"麦克沃尔赛教授不放心地问。

"你想恢复他的知觉的话，使劲拉他的耳朵就行了，或者泼点水。不过，你要千万留意，他醒来后不要让他再打架了。不要让他抓住你，博士。"

"不要紧的。"麦克沃尔赛教授宽慰他。

在出租车后座上，理查德·戈登的头向后靠着，出现了一个古怪的角度，他呼吸时发出刺耳的喘气声。麦克沃尔赛将一条胳膊垫在他的头部，不让他的头撞上座位。

"你们要去哪儿呢?"出租车司机问。

"穿过市区，把车开到城市的另一头，"麦克沃尔赛教授说，"经过公园，一直开到有鲻鱼铺的那条街上。"

"那应该是岩石路了?"司机说。

"对。"麦克沃尔赛教授同意。

他们的车经过街上第一家咖啡厅时，麦克沃尔赛教授想进去买些烟，让司机停下车。他轻轻地将理查德·戈登的头在座位上，然后走到咖啡厅里。当他从咖啡馆出来回到出租车上时，发现理查德·戈登已经不见了。

"他去哪儿了?"他问那个司机。

"那个正在街上走路的不就是他吗?"司机漫不经心地回答。

"快点，追上他。"

出租车在理查德·戈登的身边停了下来，麦克沃尔赛从车上下来，走到他面前，他正沿着人行道跌跌撞撞地往前走着。

"走吧，戈登先生，"教授说，"我们回家去。"

理查德·戈登看着他。

"我们?"他反问道，他显然喝多了，身子不由自主地晃悠着。

"我希望你能坐这辆出租车回家。"

"滚到一边去!"

"你上车吧!"麦克沃尔赛教授说,"我希望你能够安安全全地到家。"

"你那帮流氓呢?"理查德·戈登问。

"流氓?"

"刚才,帮你狠狠地揍了我的那些流氓。"

"那些人不过是酒吧的保安员①。我没想到他竟然会打你。"

"你骗我。"理查德·戈登说。他向面前这张红脸挥动着拳头,可惜打空了。他顺势一滑,跪倒在地,然后又艰难地站起来。人行道把他双膝上的皮擦破了,但是他却感觉不到疼。

"来吧,打一场。"他大着舌头说。

"我不和你打。"麦克沃尔赛教授说,"你上了车,我就不再烦你了。"

"都下地狱去吧。"理查德·戈登说着往街上走去。

"随便他吧,"出租汽车司机说,"一会儿他就没事了。"

"你觉得他没事,好吗?"

"倒霉极了,"出租车司机说,"当然他没事。"

"我担心他。"麦克沃尔赛教授说。

"你不和他打一场是没法将他拽上车的,"那个出租车司机说,"随他去吧。他没事的。你们是兄弟吗?"

"是的,可以这样说。"麦克沃尔赛教授回答。

他就这样目送着理查德·戈登在街上跌跌撞撞地越走越远,直到身影在黑暗里消失了。黑暗是因为那里有一棵大树,大树的树枝垂到地上,钻进土里,跟树根一样。他看着他时,心里不好受。这个罪孽是无法饶恕的,他在心里默默地说,这个罪孽②沉

---

① 保安员(bouncer):夜总会、酒馆等雇用来赶走捣乱者的人。

② 依照基督教的说法,致使人的灵魂灭亡的七宗罪之一是淫邪。

重，足以让人灵魂消亡，这个行为是相当残酷的。尽管按照宗教的规定，每个人的宗教信仰能允许有最后的结果①，但我没有办法原谅自己。或者换个角度来说，动手术时，难道外科医生会因为担心弄痛病人，就要停止吗？但是，为什么生活中的一切手术必须要先麻醉才能进行呢？假如我能够再善一些，我就应该让他对我狠狠地修理一顿，或许那样，他能感觉好些。这个可怜的、愚蠢的家伙，竟然沦落到可怜的、无家可归的地步。我很想能够和他待在一起，但是我知道这样做只会使他更难受。我为自己感到害臊和讨厌。我讨厌我做的这些事。所有的结果也许会一塌糊涂，但我非得停下想它不可了。眼下我得再打一次已经打了十七年的麻醉剂，大概不会太久。虽然我大概只是在为自己沉溺的恶习找借口罢了，但是，这个恶习是适用于我的。我多么想我能帮助这个正在被我伤害的可怜人。

"你还是开车送我回到弗雷迪酒馆。"戈登对出租车司机说。

---

① 指忏悔。

第二十三章

在礁石和群岛中间，"海螺王后"号被海岸警卫队用小型武装快艇拖着向执行警卫任务专用航道上开过来。逆着升起的潮水，还算轻柔的北风激起交叉的海浪，那艘小型武装快艇浮浮沉沉地在海浪中开着，而那艘白船被拖着，反倒显得从容而顺当。

"如果没有风，我想船应该也不会颠簸。"海岸警卫队艇长这么说道，"它必须被很好地拖着。那罗比造船厂产的船的质量真不错。他刚刚说的那些胡话，你能够听明白是什么意思吗？"

"他的话一点意义也没有。"那个副手说，"他说的都是胡话，现在他的神志完全不清醒了。"

"我觉得他肯定是救不活了，"艇长说，"你觉得那四个古巴人是他干掉的吗？"

"这可不好说。我问过他，不过他不明白我在说什么。"

"现在，我们再去和他去谈谈，好不好？"

"好的，我们再去看看他。"艇长这样回答。

他们叫舵手待在舵轮前，把船顺着航道开，经过那些信标，从驾驶室后面走进艇长室。在一张铁管床上，哈里·摩根就躺那里。他的眼睛紧闭着，当艇长抚摸了一下他宽阔的肩膀时，他的眼睛睁开了。

"你感觉如何，哈里？"艇长问他。哈里盯着他，没说话。

"你有什么需要吗，老弟？"艇长问他。

哈里·摩根定定地看着他。

"他应该是听不见你话。"那个副手说。

"哈里，"艇长说，"你有什么需要吗，老弟?"

他把弄湿了的毛巾，沾了沾摩根那严重开裂的嘴唇。那嘴唇是那么干燥、那么黑。盯着他，哈里·摩根开口了。"一个人。"他说。

"你干得真好!"艇长说，"请继续说吧!"

"一个人，"哈里·摩根慢慢地说，"再怎样都得不到一丁点……都得不到……确实不可以……绝对找不到一条生路……"他说话时，面无表情。

"你继续说吧，"艇长说，"告诉我们，这些是谁干的。到底发生了什么事，老弟?"

"一个人，"这时候哈里那双小眼睛盯着他，试图说话。

"好好想想，一共四个人。"艇长帮助他回忆。紧着又帮他把毛巾绞紧，让一两滴水滴到他的嘴唇上，把嘴唇给润湿。

"一个人。"哈里坚持说，然后停下。

"行。就一个人。"艇长说。

"一个人，"哈里带着单调、缓慢的声音继续说，用他那张严重干燥的嘴，缓缓地说，"现在他们沦落到这个地步，无论怎样都完了。"

艇长看看那个副手，摇了摇头。

"这些是谁做的，哈里?"那个副手问。

哈里盯着他。

"不要跟自己开玩笑，"他说。艇长和副手弯腰冲着他。这时，他又说话了，"就像一些汽车在小山顶上试图被超过。在古巴的那条路上，在所有路上，无论在什么地方，正像那样。我是想说，情况就是你们看到的样子，他们的结局也是你们所看到的，结束了。在某个时期里，是可以的，当然什么问题都没有，大概是因为运气好。一个人。"他停下来，不再说话。对着二人摇了摇头。哈里·摩根满脸死气沉沉地盯着他。艇长又帮哈里沾湿了嘴唇。毛巾上留下嘴唇上的血渍。

"一个人，"哈里·摩根说着盯着他们俩，"单枪匹马一个人是什么都做不成的。现在单枪匹马没有能干成的事。"他停了下来，"不管怎样，单枪匹马一个人根本不可能……现在一丁点机会没有了。"

他把眼睛闭上。这个道理他花了很长的时间才弄明白，甚至是一生。

他躺在那里，又睁开眼睛。

"行了，"艇长对副手说，"你肯定什么都不需要吗，哈里？"

哈里·摩根盯着他们，不再说话了。他想说的其实已经跟他们说了，只是很可惜他们什么也没有听明白。

"我们还会来的，"艇长说，"不要着急，老弟。"

哈里·摩根的目光跟着他们走出船舱的背影。

那个副手的目光从驾驶舱的前部望到了舱内，那里正在暗下来，海面掠过桑布雷罗岛上射过来的灯塔光，他说："他真让人担心，他一直这样都在说胡话。"

"那个家伙真可怜，"艇长说，"得啦，我们马上就要到了。过了后半夜，他就能被我们送到了。要不是我们拖了一艘船，我们的速度能更快点。"

"你觉得他还能有命吗？"

"不可能了，"艇长说，"但是，这种事谁都说不准。"

第二十四章

以前那个地方是个潜水艇基地，可是现在已改成了停游艇的内港了，入口的两扇铁门紧紧地关着。大门外，那条黑黢黢的街上人山人海。那看门的古巴人接到命令不得放一个人进去，在栅栏边挤满了人，透过铁条间的空隙看进去，那黑黢黢的场地被游艇上的灯光照亮，在河里狭长码头上停泊着一排游艇。人群的安静程度也就只有基韦斯特的人才能办到。有两个人在一艘游艇上拿手和胳膊肘推搡着，挤出了一条路，来到大门前的那个看门人旁边。

"往后退，你们不能进。"那个看门人说。

"到底发生什么事了？我们刚从一艘游艇上下来。"

"谁都不准进去，"那个看门人说，"退后。"

"别傻了。"二人中的一个人说完推开了看门人，向那条通往码头的路走去。

他们的后面就是那群在大门外聚集着的人。戴着帽子的小个子看门人，嘴唇上留着两撇长长的小胡子，他的神情十分沮丧，整个身体都充满着不自在和焦虑，恨不得找一把钥匙，将大门锁上。在那条往上斜的路上，他们俩兴冲冲地大踏步向前，他们看见有一群在海岸警卫队码头上等着的人，他们紧接着走过了那群人的身边。他们没有留意那群人，就顺着码头一路走过去，经过一个个停泊着游艇的码头，走到第五号码头前，就着泛光灯的照耀，看到码头的外头搁着一条跳板，跳板的一头连着粗糙的木头码头，另一头接到"新埃克苏马二号"的甲板。然后他们在主船舱中一张长桌边的皮椅里坐下了。一些杂志乱七八糟地摆放在长桌上。他们中的一个在摇铃叫船上的服务员。

"给我来杯威士忌苏打，"他说，"你喝什么，亨利?"

"和他一样吧。"亨利·卡彭特对服务员说。

"大门口的那个白痴刚刚怎么了?"

"我不清楚。"亨利·卡彭特说。

身着白上衣的服务员将两杯酒送上来。

"请播放那些我在晚饭后拿出来的唱片。"游艇主人华莱士·约翰斯顿说。

"我想我把它们收起来了，先生。"那个服务员说。

"你真该死的，"华莱士·约翰斯顿说，"算了，就播放那套巴赫①的新唱片集吧。"

"好的，先生。"那个服务员说。然后他走到唱片柜前，拿出一套唱片，带到唱片机前。放出来的是《萨拉班德舞曲》。

"今天你有没有见到过汤米·布拉德利?"亨利·卡彭特问，"刚刚飞机进港时，我曾经看见过他。"

"我真的受不了他，"华莱士说，"我对他和他那个破鞋老婆都不感兴趣。"

"埃莱娜并不是那么让人讨厌的，"亨利·卡彭特说，"我甚至可以说她妙极了。"

---

① 巴赫（Johann Sebastian Bach，1695—1750）：德国作曲家、管风琴家，他的音乐作品把巴洛克音乐风格发挥得淋漓尽致。

"你试过吗?"

"那当然。妙不可言。"

"无论如何,我是真的受不了她,"华莱士·约翰斯顿说,"为什么他们要住在这里?"

"他们有一个挺好的住所。"

"那是个很小的内港,地理位置非常好,交通便利,水道畅通无阻,还可以停游艇的。"华莱士·约翰斯顿这么说,"汤米·布拉德利真的不行吗?"

"我猜不是。你听到的几乎人人都不行。他只是气量大而已。"

"气度大当然是好事。可是她显然是个气量大得能跟所有男人都发生关系的骚娘们儿,如果真的有这样的女人。"

"她是个好得无法形容的女人,"亨利·卡彭特说。"你会喜欢她的,沃利①。"

"我想我不会。"华莱士说,"她有我所讨厌的女人身上的一切特点。而汤米·布拉德利呢,他集中了我讨厌的男人身上的一切特点。"

"你今晚说话很冲。"

"你一直都没有很冲的看法,是因为你的想法不坚定。"华莱士·约翰斯顿说,"你现在打不定主意。你甚至都不了解你是什么人。"

"咱们不说我了。"亨利·卡彭特点了一支烟卷然后说。

"我为什么不呢?"

---

① 沃利(Wally):华莱士的昵称。

"呃，可能你能够得出这样的结论，因为我和你上了你这艘游艇，该死的游艇，还有我至少经常做你要做的事情，这样你就不免用钱去威逼利诱那些餐厅服务员和船员了。事情接二连三地发生，很快就能让人了解你是个怎样的人，他们是些怎么样的人。"

"你的心情看起来好极了。"华莱士·约翰斯顿说，"可是我从来没有拿钱去威逼利诱任何人。"

"那当然。你是多么吝啬，就连奶酪都不舍得买。除非是我，或者你还有像我一样的朋友。"

"我没有其他像你这样的朋友了。"

"不要用这些甜言蜜语哄我。"亨利说，"今晚，我不想做这件事。走开，去放你的巴赫，教训你的服务员，多喝点儿酒，接着上床睡觉。"

"你能不能不要变得扭扭捏捏的？"另一个人站起身来说，"真不知道，你什么时候变成这样子了？"

"我懂，"亨利说，"今晚糟糕透了，或许我明天会高兴起来的。难道你都没有发觉夜晚有什么区别吗？我常常在想，你只要有足够多的钱，或许那本来就没有什么两样。"

"你说的话简直就和一个女学生没两样。"

"再见，"亨利·卡彭特说，"我既不是女学生，也不算男学生。我准备睡了。明早，所有人都会非常愉快的。"

"你输了钱了吧？你郁闷的原因就是这个吧？"

"我输了三百。"

"是吗？我跟你说过，最后还是出了这种事。"

"你永远不会懂的，对吗？"

"但是看看，你输了三百。"

"其实我输掉的钱远远不止这个数。"

"你到底输了多少钱。"

"输了个满堂红①，"亨利·卡彭特说，"一直都是满堂红。眼下我玩的那种机器已经不再出现满堂红。今晚我只是恰好想到这事而已，平时我不会去想。我准备去睡觉了，这样你就不会感到厌烦了。"

"你没有让我厌烦。但是无论如何，千万不要这么粗鲁。"

"我一直担心你厌烦我的粗鲁，明天再见，我相信明天一切都会好起来。"

"你真他娘的粗鲁。"

"接受或者不接受我，都随你，"亨利说，"反正我都这样过了快一辈子了。"

"明天见。"华莱士·约翰斯顿充满期望地说。

亨利不回答。他在仔细欣赏巴赫。

"好了，开心点。你不要带着情绪上床睡觉。"华莱士·约翰斯顿说，"为什么你总是这样的喜怒无常呢？"

"不要再说了。"

"为什么不说呢？我之前看见过你摆脱这种情绪。"

"不要再说了。"

"来，我们喝一杯，请振作起来。"

"不用了，谢谢。就算喝酒也是无法让我振作的。"

"那好吧，去睡吧！"

---

① 满堂红（jackpot）：玩"吃角子老虎"机器时，机器把里面的硬币全部吐出的名称。

"我走了。"亨利·卡彭特说。

那夜在"新埃克苏马二号"上发生的事就是这样的。船上一共有十二个船员，领头的是尼尔斯·拉森船长。现年三十八岁的华莱士·约翰斯顿是船主，他是哈佛大学文科硕士，也是一名作曲家。他的收入主要来源是丝绸厂，他未婚，在巴黎的居留权被剥夺了，可是从阿尔及尔①到比斯克拉②他都很有名。还有一个叫亨利·卡彭特的客人，现年三十六岁，也是哈佛大学文科硕士，他的主要收入是每月从他母亲的信托基金中获得两百元，不过以前他会得到四百五十元，可是控制这笔信托基金的银行一再调换证券，而且越换越差，然后，调换成一种那家银行自己的一栋办公大楼股票。最后，股票一文不值。在最后一次收入之前，就有人议论过亨利·卡彭特，说即使他没有降落伞，从五千五百英尺的高空落下来，也会安全地双膝着陆到某个有钱人的桌子下面。但是他认为有了好伙伴，才能玩得很好。虽然他这种想法是最近才有，然而这个想法并没有那么强烈。就像今晚那样，他发表了自己对这种事情的看法，有时候他的朋友们可以明显地感觉到他的精神每况愈下了。有的人凭本能可以感觉到他们一伙人中有一个变得不对劲儿，如果毁不了他，就会产生将他赶出去的念头，这就是所谓的有钱人的本性，如果不是他让人觉得他精神越来越不好，他也就不用沦落到去接受华莱士·约翰斯顿的表示友情款待的地步。可是事实上，他的终点站是那个有非常特殊嗜好的华莱士·约翰斯顿。他在捍卫他的地位，而不是愚蠢到必须用谄媚去结束他们的情

---

① 阿尔及尔（Algiers）：阿尔及利亚首都以及主要海港。
② 比斯克拉（Biskra）：阿尔及利亚东北部比斯克拉省的省会。

谊。后来他转换了自己的说话态度变得粗暴了，并且还坦白地说他们之间不可能长久相处，然而这样的做法倒把对方迷住并牢牢勾住。因为想到亨利·卡彭特已经不再年轻，华莱士·约翰斯顿对他的千依百顺也许容易感到厌恶。亨利·卡彭特就这样一个星期一个星期地，就算不是一个月一个月地来，慢性自杀。

让亨利觉得不值得再活下去的那笔钱相比较三天前死去的打鱼人艾伯特·特雷西拿来养家糊口的钱，每个月多出一百七十元。

在狭窄的码头上停靠着一个个游艇，那些不同的游艇上有着不同的人也存在着不同的问题。在一艘最大的、漂亮的、前桅设有横帆的黑色三桅游艇上，有位大约六十的粮食经纪人躺在床上，他正在为刚刚接到的那份他的办事处发过来的报告担忧。报告上记录的是来自国内收入署的调查员的行动。通常在这样的晚上，他会喝杯苏格兰威士忌酒加冰块来使自己感到平静，这时他的心境会同这个海岸地区的每一个老家伙一样毫无顾忌。实际上，就性格和行为准则等方面，他跟他们是没什么区别的。但是，他的私人医生告诫他在一个月内不可以喝任何烈酒，严格来说应该是三个月。医生原本的意思是告诉他，如果他不能保证在三个月内滴酒不沾的话，那么他的生命将超不过一年，因此他必须至少戒酒一个月。这时候，他在担忧在他离开城里时，有电话从国内收入署打过来找他，电话偏要问他准备去哪儿，以及他是否想离开美国的近海水域。

这时候，他身穿睡衣裤，躺在宽阔的床上，头枕着两个枕头，他打开了台灯，但是他一直无法注意力集中地看书，那是一本写关于一次加拉帕戈斯群岛①之旅的书。无论在什么情况下，他都不会把她们带到这张床上来。他总是把她们安排在不同的船舱内，而他会在完事后回到自己的床上来睡觉。这是属于他自己的特等舱，如同他的办公室那样是私密的。无论如何，他都不允许任何女人进他的房间。

无论何时他要女人，他就会到她的房间里去，完事他就立刻离开。既然他永久地结束了，脑子里还有那种之前在完事后一直存在的影响，那种一样清楚的冷静。这时，他躺着，真的有种很不舒服的感觉，没有了依靠酒精带来的那种很多年来总是在安慰他、使他温暖的勇气。他很想知道署里知道了什么，他们发觉了什么？他们还会怎样添油加醋呢？哪些他们会相信是正常的，哪些又会让他们坚持说是借口？他并不怕他们，只是对他们以及他们的权力十分憎恨。这种优势被他们运用得十分强势，而他自己所有的强硬、弱小、坚韧和持久的行为——这是他得到的唯一永恒的东西，并且真的管用——将会被击破，同时加入他真的害怕，才会被击得粉碎。

他是个不喜欢想象的人，可是脑海里却都是生意、利润、转账以及贿赂。他想着有多少股份、有多少包粮食、有多少千蒲式耳②、有多少期权③、有多少控股公司、有多少信托公司以及子公司。对这些事他总是在认真的思考，他们的确掌握了很多情况，这些情况足以让他有很多年不得安生。假如他们不留任何情面，要一直追究到底，那么情况就会变得糟糕。从前，他根本没有担

① 加拉帕戈斯群岛（Galapagos）：位于厄瓜多尔西部，即科隆群岛。
② 蒲式耳（bushel）：在美国等于35.238升，在英国等于36.368升。
③ 期权（option）：按规定的价格在规定的期限内买卖股票、货物等的特权。

忧过这些，但是如今他觉得自己体内好勇斗狠的因素正在慢慢地消失；如今，他自己处在这样的状态里。他在那张又大又宽、历史悠久的床上躺着，既无法看书，又失着眠。

他和太太的婚姻关系只勉强维持了二十年，十年之前他们终于离婚了。对于前妻他从来没有在意过，根本谈不上爱她。他只是需要用她的钱来起家，她为他生了两个儿子，这两个儿子都像他们的妈妈，真是愚蠢之极。他们的婚姻期间，他对她很好，当他挣的钱超过了她原先给他的资金的一倍时，他就能完全不再去留意她了。等他的钱积累到那么多以后，他再也不用为她的任何喜怒哀乐感到头疼或烦恼了。

他做投机生意的禀赋是让人羡慕的，这些都源于他异于常人的性功能，同时也增加了他善赌的信心；他有超强的判别力、很棒的数学头脑和那份一直没有变过但是可以控制的怀疑心理。正是这种怀疑心理让他对逼近的危险非常敏感，如同一个精确的膜盒气压计精确地测出大气压力那样。注重时效让他可以避免起起落落。他的成功就是凭借这些自以为是的优点，和那些毫无道德感又讨人喜欢的手段，以及从不把喜欢或信任他们当作回报的同时，可又能让他们坚定不移地相信他的友情。当然那种友情并不冷漠，而是一种只关心他们的成功那样的友情，让这些人身不由己地和他成为一丘之貉。对做过的事他从来都不后悔，也不夹杂一点同情心，这是现在的他之所以能够待在这个地方的原因。他现在待在这儿，就穿着一套条纹丝绸睡衣裤，躺在床上。那套睡衣裤盖住了他凹下去的属于老年人的胸脯，他稍稍鼓起的肚子，他以前引以为荣的、如今却没有用处的、大得不成比例的那活儿，以及他那两条细细的、松弛的大腿。整整一夜他都睡不着，他失眠了，终于他为自己所做的一切而感到后悔了。

他一直后悔，如果他五年前不那么过于精明就好了。那时候，他原本可以不使用手段偷税的。如果没这样做，那他现在就安全了。他躺在床上一直思索着。可是到了最后，他还是睡着了。但是反悔如果找到了裂缝，就会四处渗进，由于他的脑筋如同他醒时的那样继续在转动，他不知道自己是否睡着了。可是他到了现在这把年纪，相信过不了多久，他一定就会受不了的。

过去他常常这样说会担忧一定都是没见过大场面的废物，可是到了现在他得一直避免担忧，直到失眠了为止。他可以不用担忧，前提是他得睡着了，但是当时，担忧总会闯进来。像他这样年纪的人，担忧就会更容易闯进来。

他不为自己曾经对别人做过什么而担忧，也不用担心别人会因为他的原因而出了什么事，也不用担心别人的结局是什么样的，也不用担心那被迫放弃了莱克肖尔①大道旁的房子，去奥斯丁②郊区成为接受搭伙房客的一家子；也不用为他们刚刚进入社交界的女儿们而担忧，她们平常也会去工作，是做牙科医生的助手；也不用为那个死在最后那个冷僻的岗位上的六十三岁的夜班警卫员而担忧；也不用担忧谁在一天的早晨，在吃早餐之前，先开枪让自己去跟上帝打招呼。他的某个孩子发现了他，他的样子简直吓人，血肉模糊的；也不用担忧谁正坐在高架铁路火车上从贝里恩③赶去上班。

那时候他有活干，最开始他是兜售债券的，接下来是出售汽

---

① 莱克肖尔（Lake Shore）：美国明尼苏达州中部卡斯县行政村。
② 奥斯丁（Austin）：美国明尼苏达州东南部城市。
③ 贝里恩（Berwyn）：美国伊利诺伊州东北部库克县城市。

车，再接着是挨家挨户地去上门推销新奇又特别的小商品（我们
不需要你们推销，滚！门砰地在他的面前关上）。终于，他改进
了他爸爸用过的方法，没有让自己从四十二层高楼上一跃而下，
如同鹰掉下来时一样撒下很多羽毛，可是等他面对驶过从奥罗
拉①开往埃尔金②的火车时，他想着大衣口袋里装满推销不出去的
打蛋、榨汁两用器，一下迈进了第三号铁轨。

"太太，请您看看我的演示。很简单，你只要按一下这里，
就是把这个小玩意儿摁下去。就这样，看，像我这样做。"

"不，我不需要。"

"就买一个吧，可以给孩子玩玩嘛！"

"我不用。滚！"

于是他从火车里走出来，在两旁是木板房和荒凉院子以及光
秃秃的梓树的人行道上行走着，可是这些东西在那儿是不会有人
要的。人行道一直通往从奥罗拉开向埃尔金的火车铁轨。有些人
从公寓或者办公室窗子里高高地跃下，有些人在放着两辆车的车
库里偷偷地用开着的汽车结果自己。对于这样的人而言只有两个
传统，他们不是拿着科尔特牌左轮手枪，就是拿史密斯以及韦森
牌左轮手枪了结。这些工具的构造精良，只要轻轻用手指一扳，
就可以治好失眠症、终止反悔、攻克癌症、远离破产，而且从撑
不住的处境下"砰"的一声杀出一个口子，这些美国器械设计得
非常棒，携带方便、效果可靠等是它们的优点，这个最佳器械设
计是用来结束一个已经变成梦魇的美国梦，它唯一的缺点，就是
被它毁掉的那些人已经开辟出这一切各式各样的出口，早已脱离

---

① 奥罗拉（Aurora）：美国达科他州一县。
② 埃尔金（Elgin）：美国伊利诺依州工业城市。

苦海，这并没有值得担忧的。赌博总得有人输，只有那些没有见过大场面的废物才会担忧。

不，他不用为他们着想，也不用想着那些成功的投机获得的副产品。当你赢了时，就说明肯定有人输了，为这些担心的人都是那些没有见过大场面的窝囊废。

对他来讲，只要思考一件事就够了：如果在过去的五年里，他不是那么精明，或许他的生活会比现在好的多，可是到了他现在这个年纪，在那一瞬间，突然他很想改变过去那些事，虽然已经无法挽回了，那样的话就会打开一道让担忧乘虚而入的裂缝。只要给他来一杯威士忌加苏打，他的担忧就会全部消除。他想，医生的话都快点下地狱去吧。他立刻打铃要酒，满脸睡意的服务员把酒拿了进来。在他喝酒的时候，那个投机家现在不属于没有见过世面的窝囊废了，除了死亡。

另一边的那艘游艇上，有正派、乏味以及和睦的一家人，他们都睡着了。其中那个心地善良的爸爸，他侧身躺着睡得很沉。他头部上边的画框里，有一艘快速帆船在乘风前进；台灯亮着，有一本书掉落在床边。妈妈约五十岁，她保养得非常好，看起来很漂亮而且富有活力，她睡得很香，在梦里她看见了一座秘密花园，她睡着的模样迷人极了。女儿正在做梦，梦见了她的未婚夫，明天，他就会乘着飞机赶来。她虽然睡着了，却时不时动动身子。

在睡梦中，女儿不知在为何事而开心地笑出声来，可是她没有笑醒。睡觉时她蜷曲着双膝，几乎要贴到她的下巴了。她像一只猫那样弯曲着，满头的金色鬈发，皮肤光滑的迷人脸蛋，她睡着后，很像她妈妈被称作姑娘时候的模样。

　　这是很幸福的一家人，他们相亲相爱。爸爸生性豁达、慷慨且极富有同情心，他通情达理，几乎从不发火，是个有公民自豪感以及良好职业的人，他最大的爱好是偶尔喝点酒。游艇上的船员待遇高，吃、住都好。他们对主人非常敬重，热爱自己的妻子和疼爱自己的女儿。女儿的未婚夫是髑髅和骨头社①的社员，是被公认的潜力股且极得人心，他仍旧先人后己，从不考虑自己，除了像弗朗西丝那么可爱的姑娘以外，没有人配得上他。他非常溺爱弗朗西丝，但是，或许在多年之后，弗朗西丝才会明白理解这种爱。或许她永远不会发觉，那么这才是她的幸运。被选定为骨头效力的一类人是很少被选定为在床上效力的人，但是在一个如同弗朗西丝一样可爱的姑娘眼里，想法和行为同样重要。

　　所以无论如何，他们都应该睡得很好。但是，他们一大家人就那样幸福地生活着，他们拥有着金钱并且可以恰当得体地使用它们，然而这些金钱到底是从哪里来的呢？他们的钱来源于几百万瓶地出售，每个人都会享用的那种东西②。那玩意儿的制作成本是三分钱一夸脱，一般售价为大瓶（一品脱装）一元，中瓶是减少二分之一，小瓶再减少二分之一，相比之下买大瓶比较划算。假如你每个星期可以挣十块钱，你所要花的钱就如同你是个百万富翁一样多。货品确实好，它就像说的那样有用，且还不止呢。全世界的使用者都感激涕零，他们不断地来信说发现了新的用途，老顾客对它的忠诚，就与未婚夫哈罗德·汤普金斯对髑髅

---

　　① 髑髅和骨头社（Skull and Bones）：1832 年，威廉. 亨廷顿·罗素从德国回美，在耶鲁大学同阿尔方索·塔夫脱一起建立了一个极秘密和入社限制极严的学生社团，取名"髑髅和骨头社"。第一批社员共十五人。该社员被称为"骨头人"，大多是一些思想反动、态度专"横、自命不凡"的所谓名门子弟。

　　② 是暗指当时流行的斯隆搽剂。

和骨头社的忠诚或者就像斯坦利·鲍德温①对哈罗一样忠诚无异。既然那么挣钱，肯定不会有自杀。在"阿尔齐拉三号"上，船长乔恩·雅各布森、十四个船员、船主一家人，每个人都睡得很香。

一艘三十四英尺长、前后桅高低不均的游艇停泊在第四号码头，游艇上面有两个爱沙尼亚人。他们是全世界的爱沙尼亚人三百二十四个其中的两个，他们两个在这艘长约二十八英尺到三十六英尺的船里到处跑，把他们所写的各种报道发给了爱沙尼亚的各路报纸，在爱沙尼亚那些报道颇受欢迎。每篇专栏文章可以让作者赚到一元到一元三美金不等。文章篇幅是美国报纸上棒球或者橄榄球讯息的篇幅，而且都归于"我们英勇的航海记事"这样的标题下面。在南方沿海所有经营不错的游艇内港里，只有出现这样两个脸被晒得发黑、头发让盐水泡淡的爱沙尼亚人才能算完美。他们在等上一篇报道的支票。只要支票一到，他们就会开始另外一段旅程，写另一篇航海记事。他们看起来是挺幸福的，就像"阿尔齐拉三号"上那家人一样幸福。当个英勇的航海者，当然是件了不起的大事呀！

一个老丈人很富有的人和他情妇多萝西正在"伊里迪亚四号"上面睡觉。多萝西的丈夫是好莱坞导演约翰·霍利斯，这位导演的收入很高。这位导演的脑子在硬挺着，要让它活得比肝寿命长，那样他可以在临终时自豪地称自己是个共产主义者，以此拯救他的灵魂，但他的其他器官已经烂到无法挽救了。那个女婿身材高大，相貌英俊，他仰面睡着，不时传出呼噜声。但是那个

---

① 鲍德温是英国保守党政治家，1923 年至 1937 年间曾三次出任首相，纵容法西斯侵略政策。哈罗是指他曾就学的哈罗公学。

导演的妻子多萝西·霍利斯没有睡觉，她披了一件晨衣，在外面的甲板上来回走着，不时向停泊游艇的内港里黑沉沉的海水望去，直到看见防波堤出现在那条线上。风吹着，她的头发乱了，甲板上挺凉的，她将吹到她被晒黑了的额头上的碎发向后掠去，然后把晨衣更加裹紧身子。她的胸部在寒冷的天气里变得硬挺，她留意到从防波堤外面开过来一艘船。她的目光随着船上的灯光平稳而快速地移动，然后，那艘船在内港进口处把探照灯开亮了。突然那灯光从水面掠过，扫过她的面前，她觉得眼前一片漆黑。灯光一直照到了海岸警卫队的码头，把等在那儿的一群人以及从殡仪馆开来的那辆黑得发亮的新救护车照亮了，这辆车在葬礼上还被用作柩车。

　　我还是睡不着，我想还是吃点鲁米那①好了，多萝西想，现在我必须睡一会儿。可怜的埃迪，他醉得像个死人。他应该是喝了太多的酒，他真的很是可爱，他只要是喝醉了就马上睡着。我认为，就算他会和我结婚，他也一定会跟别人去鬼混。不过，他的确是很讨人喜欢。可怜的宝贝，他喝得那么醉，我希望他明早不会特别难受。我必须去梳理一下我的头发，睡上一段时间。头发简直乱得不成样子了。为此我想将他打扮得更加受人欢迎，他真是非常讨人喜爱。我恨不得带一个女佣来，但是，不可以，就算是贝茨也不可以。我想象不到可怜的约翰怎样了。噢，他也太讨人喜欢了。我希望他能好一点儿。他可怜的肝呀，我真希望能在那里里照顾他。现在我必须马上去睡一会儿，否则明天早上我的模样一定会吓死人的。埃迪真是太讨人喜欢，约翰也是，还有他

---

①　鲁米那（Luminal）：一种安眠药，苯巴比妥的商标名。

可怜的肝脏。埃迪的性格也特别好，希望他明天能好起来。

她摸索着回到房舱内，坐到镜子前，开始梳头。她那可爱的头发被那长长的猪鬃刷子刷过，她微笑着看着镜子里的自己。我多么希望埃迪没有喝酒或者不要醉得那么厉害，其实每个男人都有这样或那样的毛病。看看约翰的肝，当然了你是看不见他的肝的，但只要想象一下，就知道那样子肯定非常可怕。在我所能做的事情中，我喜欢的就是梳头发，可能就这一件是对你有益，而且是有意思的。我的意思是说那些只要你亲自可以做的事。噢，埃迪真的太讨人喜欢。我就这样走进去吗？不可以，他醉得太严重了，可怜的小家伙。我得吃鲁米那了。

她上下打量着镜子里的自己。她觉得自己非常漂亮，身材娇小、气质迷人。我可以的，她对自己说，虽然身上的一些部分已经大不如前，但我还可以坚持一段时间。现在我必须睡觉了，其实我也是非常喜欢睡觉。我是真的希望就像小孩子那样能够甜甜、深深地睡上一觉。我觉得睡得好对生活中的很多事情都有帮助。无论如何，我要吃点鲁米那了。

她做了一个鬼脸，冲镜子里的自己。

她拿起放在床头柜上的那个镀铬的保暖瓶，往玻璃杯里倒水，然后吃下了鲁米那。

她心想，现在我是一定要睡觉啊！如果我和埃迪结婚，我不敢肯定他将会怎样，但是我估计他会和一个年纪小的女孩子勾搭上，是早晚的事情。我觉得他们和我们一样，并可以改变他们生来而成的这副样子。我就是要做很多很多次那件事，我感觉那太棒了，至于另外一个人，或者另一个新的人，那根本算不上什么。重要的是只要他们和你做那样的事，你就会永远热爱他们的。我真实的意思是说，同样一个人。但是他们不是生来就是这样的人。然而他们永远不会被满足，要的是新人，抑或更加年轻的人，或是一个他们根本就不应该要的人，或是因为样子像另一个人的人。也可能会是这样，如果你是浅黑色皮肤和黑眼睛的人，那他们想要就是白皮肤、绿眼睛、金色头发的人。要么这样，你是白皮肤、绿眼睛、金头发，他们就去追求一个红头发的。要么你是红头发，他们就会去找另一个，或许是一个犹太姑娘。如果他们这些都尝试过，那他们还会去和中国人发生关系，或者成为一个同性恋者。对于这一切我不是很明白，或者，我认为他们是真的感到腻烦了。如果他们就是这样子，你也不能责怪他们。对于约翰的肝脏我是没有一点办法，或者说他酒喝得如此之多，会把身子糟蹋得乱七八糟，对此我还是没有一点办法。他很棒，很厉害，他的确是这样。埃迪呢，也是同样，但是他现在喝醉了。我甚至觉得，到了最后我也会变成像母狗那样的骚货，或许我现在早已经是了。我觉得，如果你变成骚母狗，那你肯定没有什么感觉。只有她最好的朋友才会跟她说。你在温切尔①先生的专栏里是读不到的。那会是一个由他播出的崭新的好名词——骚母狗性。约翰·霍利斯太太从海岸来到城里她就像一条狗似的，甚至比小孩子更单纯、更普通。然而，女人过日子的确很难，常常是当你越对一个男人好时，他反而会越对你感到腻烦。我觉得，那帮好男人天生就应该有很多妻子，但是你试试去做很多男人的妻子，肯定累得要命；接下来，当他对一切感到腻烦

---

① 温切尔（Walter Winchell, 1897—1972）：英国记者和广播员，1924 年在《纽约写真晚报》主持专栏《在百老汇》长达五年之久，后来进《纽约每日镜报》。该报 1963 年以前一直刊登他由辛迪加广为散发的专栏文章。

时，就由一个简单的人接受他。我常常有这样的感觉，总有一天我们都将变成风骚的母狗，但这一切的发生到底是谁的过错呢？或许骚母狗也有它自己的乐趣，但是如果你要做个忠诚的好女人，那才真的是愚蠢至极。就像埃莱娜·布拉德利，她想做个好女人必须愚蠢、善良而且真的自私才可以。说不定我已经是了。他们说，你自己也不敢肯定，但你总觉得自己不是。

　　世界上肯定会有对你以及对和你做那件事不感到腻烦的男人嘛，肯定会有那么一个。但是我们不知道谁在拥有他们呢？我们所认识的那些人都是在奇怪的教养中成长的。眼下我们不要去说那一套。不，不要去说那一套，也不要又去说所有那些关于汽车、舞会什么的。我希望那鲁米对我会起一些作用。该死的埃迪，他真该死！他为什么要喝得那样醉？不公平了，这一切真的太不公平了！他们长成这样，没有人能改变，但是喝得烂醉跟那个可一点关系都没有。我觉得，我自己就是一条发骚的母狗，对极了，但是现在的我只能踏踏实实地躺在这儿，这一整夜如果我都睡不着觉的话，我想我一定会发疯的。如果我吃太多那该死的玩意儿，那明天一整天我都会非常难受，并且以后你就对它有免疫力了。不管怎么样，我还是觉得火气会不停地往上蹿，我觉得自己神经紧张以及感觉难受极了。噢，行了，我倒不如做那事，但我不喜欢，有什么办法呢？你还能不能帮我想想别的什么办法，好像只有这样做那事，就算，就算，就算无论如何，噢，他是招人喜欢的，不，不是他，是我，可不是嘛，你是的，你是最可爱的，噢，你是多么可爱，没错，可爱。我的心里并没有那么想做，可是我正在做，就在这时候我真的在做了。他是讨人喜欢的，不，不是他，甚至他都不在这里，只有我在这儿，我一直都在，我是一个没办法走掉的人，不可以，再怎么走也走不掉。你是真的十分讨人喜爱的人，你看起来真可爱。是你可爱，你可爱，可爱，可爱。噢，确实是的，可爱。你就是我，就是这样的。事情就是这样嘛。我就一直像现在这样然后等现在过去，那又能怎样。眼下都过去了。行了，我不介意。这又有什么区别呢？如果不是我感到难受，那也没啥不好。我可没难受。现在，我觉得我马上就要睡着了。假如我醒来，真的在我醒来之前，我一定会再做那事的。

不知道过了多久，她睡着了。最后在她睡着之前，把身体转过去侧睡，她的脸就不用贴在枕头上了。无论她多么想睡，都不会忘记那种将脸贴到枕头上的睡相有多么难看。

当海岸警卫队的船拖着的弗雷迪·华莱士的那艘"海螺王后"号，开进黑暗的专停游艇的内港时，还有其他两艘游艇在海港内。靠到海岸警卫队的码头时，那两艘游艇上的所有人都睡着了。

第二十五章

　　哈里·摩根现在已经毫无知觉，刚刚暗下来的天就这样了。两个人慢慢地把他从船长的床上扶起来，把他小心翼翼地挪出来，轻轻地放到由另外两人抬着的担架上——担架是码头上递下来的。然后他被四个人抬起来，他们踩着小型武装快艇灰色单调的甲板，走向码头。这一切都是在船长舱室外的一道灯光下完成的，对此，哈里·摩根仍旧没有一点反应，担架的帆布被他高大沉重的身躯压得深深地凹下去。

　　"你们快点把他抬过来。"在码头上医生大声地喊道。

　　"把他的两腿固定好了，记住千万不要让他滑下来。"

　　"把他抬过来。"

　　四人抬着担架来到码头。

　　"医生，他现在怎么样了？"看着那四个人把担架推进救护车时，治安官问道。

　　"他还活着，"医生说，"这是我现在唯一能说的。"

　　"从我们救他起来到现在，他要么不停地说胡话，要么就像现在这样毫无知觉，一直这样。"一个壮健的准尉说，他是海岸警卫队小型快艇的指挥官，脸上架着一副眼镜，在灯光下闪闪发亮。他应该去刮胡子了。"那些古巴人全部死在了游艇上。所有的东西我们都没有碰过，保持和原来一样的状态。我们只把两个可能掉到海里的死人搬上来。船上所有的东西都和原来一样。所有的钱和枪。"

"这样，"治安官说，"你可以用探照灯照照后面那一片吗？"

"我要他们装一个到港区里了，"港区负责人说。他转身走开，去拿探照灯和电线。

"到我这边来。"治安官说。他们在手电筒的照耀下走到船尾。"现在就请你们一字不漏地告诉我，他们是怎么被你们发现的。钱在哪里呢？"

"就装在那两个皮袋子里。"

"有多少？"

"不清楚，我们没有数。我打开一个袋子发现里面都是钱，就把袋子绑起来了。我不想去碰钱。"

"你们真的做得很好，"治安官说，"非常正确的选择。"

"我们担心这两具尸体会落到大海里，就把他们扛下储油柜，转移到了驾驶舱里。然后我们又把哈里抬到了我的船上，抬进了我的舱房，最后放在我的床上。他可够沉的，起初我还以为他死了，他完全没人样了。而其他东西，我们都没有碰，所有的东西都保持原样。"

"他一直处于昏迷的状态吗？"

"开始的时候，他一直不停地说胡话，"那个艇长说，"但是他在说些什么我们都听不清楚。他一直断断续续地说了许多话，我们努力地听，可是已经听不出他到底在说什么。后来，他又昏迷过去了。还有，你要的人都摆在这儿。这个黑人躺着的地方原来是哈里躺的。他之前倒在右舷油柜上面的椅子上，差不多半个身子已经挂到舱外了。在他不远的地方，另一个深色肌肤的人脸朝下，倒霉的家伙，他就倒在另一边油柜的椅子上。情况就是这些。当心。不要点火柴。这里到处都是汽油。"

"还有一具尸体没有见到。"治安官说。

"这就是船上所有的东西。钱和枪，都摆在原来的位置，我们一个人都没碰过。"

"我们最好去通知银行让他们派个人过来，让他们的人看着打开比较好。"治安官说。

"好的。"艇长说，"你这个主意，真的不错。"

"可以把钱袋拿到我的办公室里锁起来。"

"好主意。"艇长说。

在探照灯的映照下这艘以白绿为主色调的游艇显得格外明亮。这是因为晚间的露水落在甲板和舱顶上反射灯光造成。白漆使船身上的裂口显得分外耀眼，船尾被探照灯扫过，照到海面上，海水浮动，波光粼粼，一群群小鱼围着柱子游动。

在驾驶室内，那两张死人脸高高肿起，灯光的照耀使他们显得油亮亮的，凝固的血液早已附着在地板上，就像上了一层棕色的油漆。在死人的身边，散落着一些零点四五英寸口径的子弹壳；在哈里倒下的地方，一支轻机关枪静静地横在那儿。两个用来装钱的皮革公文包斜靠着在一个油柜上。

"在拖回这艘船时，我本来打算直接把钱拿到快艇上，"艇长说，"可是我又想了想，在天气允许的情况下，应该把钱留在船上，所以就原封不动为好。"

"你们真的很明智的，没有搬动它们。"治安官说，"另一个人怎么样了？艾伯特·特雷西，那个捕鱼的。"

"他清楚，我真的不清楚。我们就挪了下两个要掉下海的人，其他我们什么也没有动过。"艇长说，"那些人被子弹打得像个筛子。可是后脑勺挨了一记的人，他脸朝天躺在舵轮下面。从前面出来，他只是被子弹穿过脑袋。你可以去看看。"

"就是那个长着娃娃脸的人。"治安官说。

"现在不像了。"艇长说。

"杀了罗伯特·西蒙斯律师的是那个大个子，就是拿轻机关枪的那个大个子。"治安官说，"这里到底发生了什么？你猜得出来吗？他们怎么都死了？"

"我猜他们一定是内讧。"艇长说，"分赃不均，然后……"

"我们把他们盖起来，天亮再说，"治安官说，"这两个钱袋我带走。"

然后，他们回到驾驶舱，看见有一群人往码头方向跑，最前面的是一个女人。她到了海岸警卫队的小型武装快艇旁边。这个一脸憔悴的中年妇女，她没有戴帽子，一头鬈曲的头发直接垂到了脖子上，发梢被挽起来了，一看就是没有认真梳理过。她在码头上看到了驾驶舱里那些尸体，仰天大叫，有两个女人抓着她的胳膊。跟在她后面的那群人挤在一起，看向游艇上的尸体。

"该死的！"治安官大叫，"你为什么不把门关好？快点拿些毯子、床单，什么的，把尸体盖住。然后去把这帮人赶出去。"

那个女人停了一下，看向游艇，然后又抓着脑袋仰天尖叫。

"你们在哪里找到他的？"说话的是她身边的一个女人，"他们把艾伯特放在哪儿了？"

那个女人停止尖叫，又看向游艇。

"他在不在那里？"她说，"喂，罗杰·约翰逊，"她冲着那个治安官喊叫，"艾伯特呢？艾伯特呢？"

"在这儿没有他，特雷西太太。"治安官说。那个女人又仰起头，她细长的脖子上的青筋暴出，双手紧握，头发随着脑袋不停地摆动，发出一阵尖叫声。

那群人中，站在后面的用力往前挤，用胳膊肘拨开挡在面前的人，都要挤到码头边上来。

"让让，让让。到底是怎么回事？发生了什么？"

"他们要把尸体盖起来了。"

然后有人说着西班牙语："让我过去，让我看一下。Hay cua - tro muertos①. Todos son muertos②. 让我看看。"

同时，那女人又在喊："艾伯特！艾伯特！哦，我的天，艾伯特在哪儿？"

在那群人后面站着两个年轻的古巴人，他们挤不过去，就往后面走了几步，小跑一阵儿之后，冲进了人群里。站在前头的人站不稳，散开了一些，特雷西太太以及两个扶着她的女人被冲得摇摇晃晃，身子往前倒去。两个扶着的女人为了不倒下，她们狠命地扑在栏杆上，还在尖叫的特雷西太太却一下就摔进了碧绿的海水里，瞬间在荡起一片的水花的同时尖叫变成扑通声。

在探照灯下，有两个海岸警卫队员迅速潜入海里，向特雷西太太荡起水花的地方游去，码头上的人群中没有一个人显示出要帮助她的打算。在船尾的治安官向她伸去一根长长的带钩子的竹竿，两个海岸警卫队队员把她从水下托了上来。治安官抓住了她的两只手，用力拉了上来，拉上了游艇的船尾。她就那样全身湿漉漉地站在船尾，望着人群，举起两个大拳头冲他们摇晃，尖叫："你们都是杂种！狗娘养的！"然后她又看向驾驶舱，哭叫道："艾伯特，艾伯特在哪里？"

"他不在这里，特雷西太太。"治安官边说边拿起一条毯子，披在她的身上。"别激动，特雷西太太。勇敢点。"

"假牙，"特雷西太太说，看起来十分悲痛，"我的假牙不

---

① Hay cuatro muertros，西班牙语，四具尸体。
② Todos son muertos. 西班牙语，所有尸体。

见了。"

"明天早上，我们就潜到水下去，替你把它捞上来。"艇长对她说，"放心，我们一定会帮你找到的。"

两个海岸警卫队队员也爬上了船尾，站在那儿，浑身是水。"走吧，我们走。"其中一个说，"我要感冒了。"

"没事吧，特雷西太太，你感觉怎么样？"治安官问，同时把她身上的毯子又裹紧了些。

"没事？"特雷西太太说，"没事？"然后，双手紧握，又仰天尖叫起来。特雷西太太被巨大的悲痛弄得崩溃了。

那群围观的人突然安静下来，所有人似乎都在听着她的尖叫声。特雷西太太的尖叫为他们提供了和死的强盗的形象相配合的不可或缺的场景音效。治安官和他的副手忙着把海岸警卫队的毯子盖在那些尸体上。在此之前，数年前他们在看到过的一个非常壮观的景象，发生在县城路上有个地方被人们以私刑处死岛上的居民，后来尸体被挂在电话杆上，在出城看热闹的汽车灯光中摆动。

看到尸体被盖的毯子后那群人，可能感到有些失望，因为全城中就只他们看到了尸体，他们还看到特雷西太太掉进海里。在来码头的途中，他们还看见躺在担架上的哈里·摩根，他被抬到海军医院去了。当治安官要求他们离开停泊游艇的内港时，他们沉默不语，心情舒畅。他们知道他们是受到了多大的优待！

与此同时，在海军医院那边，玛丽，哈里·摩根的妻子以及三个女儿在候诊室里一张长椅上候着。三个姑娘抱在一起痛哭，玛丽咬着手帕的一角，强忍着没有哭出声音。大概从中午开始，她就哭不出声了。

"他们的枪射到了爸爸的肚子。"一个女孩跟她妹妹说。

"太恐怖了。"妹妹回答。

"安静点。"最大的女孩说，"你们不要打搅我。我正在为爸爸祈祷。"

玛丽默不作声，就坐在那儿，咬着手帕和下嘴唇。

很长一段时间之后，医生出来了。她用期待的眼神望向他，他对她摇了摇头，表示抱歉。

"我可以进去看看吗?"她问。

"对不起太太，现在还不是时候。"他说。

她走到他跟前，问道:"他走了吗?"

"恐怕是的，摩根太太。"

"现在，我可以不可以进去看他最后一眼?"

"现在不可以。他还在手术室里。"

"哦，天哪!"玛丽说，"噢，老天。我要先带我的女儿们回家，然后我再回来。"

忽然间，她什么也咽不下，她觉得自己的喉咙被什么堵住了。

"姑娘们，跟我来吧。"她说。三个女孩跟在她的后面走出了门。有辆老旧的汽车停在外面，她坐进驾驶座，把发动机发动。

"爸爸怎么了?"一个女儿问。

玛丽没有回答。

"爸爸怎么了，妈妈?"

"不要说话，"玛丽说，"千万不要和我说话。"

"但是……"

"闭嘴，宝贝，"玛丽说，"让我安静点，我要为爸爸祈祷。"听了她的话，三个姑娘都哭了。

"该死的!"玛丽说，"不要哭。我说要为他祈祷。"

"我们会祈祷的。"一个女孩说,"从医院里到现在,我就一直在祈祷,没有停止。"

这辆旧车转到由陈旧的白珊瑚铺成路面的岩石路上时,车大灯照到前面一个左摇右摆往前走的人身上。

这个可怜的酒鬼,他真该死。玛丽心想。

车超过那个酒鬼时,灯光下他满脸都是血,灯光随着汽车越走越远,在黑暗中他还跌跌撞撞。那是理查德·戈登走在回家的路上。

玛丽把车停在家门口。"去睡觉,姑娘们,"她说,"你们都上去睡觉。"

"可是爸爸怎么办?他会回家吗?"一个女孩问。

"不要和我说话!"玛丽说,"看在上帝的面子上,你们都不要和我说话。"

她在路上掉转车头,向着医院的方向开去。

一到医院,她立刻跑上了台阶,刚好从纱门里出来的医生,在门口遇到了急匆匆的她。医生已经很疲惫,他打算回家去休息。

"他走了,摩根太太。"他说。

"他死了?"

"他在手术台上死了。"

"让我去看看他好吗,医生"?

"是的。"医生说,"你别担心,摩根太太。他走的时候很平静。真的,他没有受任何折磨。"

"见鬼!"玛丽叫道,眼泪开始不停地掉下来。她不停地尖叫,掩饰不住悲痛。

医生在她的肩膀上拍了拍安慰她。

“不要碰我！”玛丽叫道，然后说，“我要去看他。”

“好吧，你跟我过来吧。”医生说。他带她走过一条回廊，走进那个白色的手术室。在手术台上的哈里·摩根还是静静地躺着，他壮实的身子上盖着一条毛毯。那灯光很亮，没有一丝阴影。玛丽一动不动，直直地立在门口，就像被耀眼的灯光吓住了。

“他走得不痛苦，摩根太太。”医生说。可玛丽充耳不闻。

“噢，老天！”她说，又哭起来，“看看他那张该死的脸。”

第二十六章

在餐桌边玛丽·摩根独自坐着，她心想，我真不知道，我每一次都可以熬一个白天和一个夜晚，可是这回真的不同。这真是个该死的夜晚！如果我多关心那些姑娘的话，那就会不一样了，但我并不是很关心她们。虽然说为她们我总该做些什么，我总得有个开始，做点什么呀！这或许就是死而复生的心情吧！我猜它没发生什么变化。无论如何，我总得做点什么呀！到了今天，已经过去一个星期了。我真的很害怕假如我不再想他的话，我要是忘记了他的样子，该怎么办？或许说，当我遭受这场可怕的事后，我就开始有点想不起他的样子了。可是，无论我有什么感受，总得开始做点什么吧。假如他给我们留下一点钱或者是奖金的话，我们的生活可能会好一点。即使这样我的心里也会好受些。我现在想要做的第一件事，就是要试着把房子卖掉。那些开枪的浑蛋！那些肮脏的浑蛋！现在我唯一的感受就是憎恨和心中空落落的。我的心就像一所被搬空了的房子。好吧，我总得开始做些什么了。我应该要去参加他的葬礼，可是我很害怕不敢去。可是，我现在总得做些什么了。一个人死了，他就再也不会回家了。

他像只猎豹，总是一副无所畏惧、壮实、机敏的样子。我会不由自主地为他的一举一动而着迷，我是如此幸运和他在一起度过了那些日子。他的好运气一到古巴就用完了。后来，他的运气越来越差，直至一个古巴人杀死了他。

古巴人无疑是佛罗里达州周边岛屿居民的灾星。古巴人简直就是一切灾难的源头。生活在古巴的黑人实在太多了。记得有一次哈里带我去哈瓦那，那时的他，非常能挣钱。我们在公园里散步时，突然窜出了一个黑人对我叽叽咕咕地说了些什么，我一句都没有听懂，但是哈里却直接"啪"的一声给了他一耳光，那个人的草帽被他丢到了半条马路外。刚好一辆出租车经过，那顶不幸的草帽被碾成了粉末。我在旁边笑到肚子痛。

在哈瓦那的林荫大道上那家理发店染头发，我第一次把头发染成了金色。整整弄了一个下午，理发师都在给我做头发，因为我的发色深，难度大，理发师都不想接这个活。我染的时候，我非常担心我的头发会变得更糟糕。我不停地和理发师说，尽一切努力把我的头发染得淡一些。我那头深暗的发是理发师用一根细长的棉签和木梳子来处理，他先把棉签插到一个瓶子里去蘸，插进瓶子时有点像有水蒸气冒出来，然后他用棉签和梳子分开一缕缕头发，再仔细地给它们上色，最后就是等头发干了。我坐着等了好长时间，为我做的这一头头发，我的心里感到忐忑不安，不时有一个念头在我心里跳出来，就是想尽办法，用尽一切力量把头发的颜色染得淡一些。

一切弄完后，他说，这是最淡的结果了。接着，他帮我洗了头发并给我把头发烫成波浪卷。到了最后，我因为害怕头发变得更糟，不敢看我的新发型。我的头发被理发师烫成往一边分开，脑后是密密麻麻的小发卷，头发还没有干。我看不出他做的到底是个什么造型，总之我变得完全不同了，就连我自己也觉得简直判若两人！接着，理发师用发网套住我的湿头发，把我放到干发机下烘干。可是在做这一切的时候，我心惊胆战地等待着我的新发型。终于，我的头发从干发机下面被移了出来。理发师取下发网和发夹，再梳理了一下我的头发，它们在阳光下金光闪闪。

我离开座位，对着镜子上下打量着自己，头发在阳光下是如此灿烂明亮。我伸出手去触摸头发，它们软若丝绸，我简直不敢相信镜子里的人就是我，我激动得喘不过气来。

沿着林荫大道我一直往前走，来到那家小酒馆，哈里在等我。当时我心里特别激动，觉得都快要晕了。看到走过来的我，哈里早已站了起来，他的目光一刻不停地盯在我身上，无法移开。他的声音含糊不清，喃喃地对我说话，语调古怪："老天啊，玛丽，你太美啦！"

我问他："我这个新发型你觉得怎么样，喜欢吗？"

"别说新头发了，"他说，"我们去旅馆吧。"

我点点头答应说："好，我们走。"那是我二十六岁的时候。

我们在一起时总是这样，他说过我是他遇到过的最有魅力的女人，我知道再也不会有像他这样完美的男人。我一直都明白的，可是现在他已经死了。

我知道我现在应该做点什么才行。可是一个该死的古巴佬一枪打死了你的一个如此完美的男人！你怎么可能马上就可以开始做什么呢？因为你内心的一切依靠都消失了。我不知道我到底应该去做些什么。但是这和跟他出门去是不同的。他出门了，总是要回家的，可是现在我只能一个人孤苦伶仃地过完自己剩下的日子了。眼下我长胖了，并且变得既丑又老，而他再也不会在我耳边说，你依然美丽如初。我觉得，现在我要做的是雇一个男人来做这事了。当然到了最后，我将不要他，我确实应该这样做，如此才好。

哈里对我实在太好了，也很忠心，他经常能弄到钱。所以我不必为了生活而担忧，我唯一只为他而担心，可是现在，一切都没了。

这不是杀死一个人的故事。如果我是被杀死的人，我是不会介意的。哈里死了，医生这样说，是因为他真的太累了。他中间没有醒过一回。他安静地走了我很高兴，因为在那艘船上上帝应该会饶恕他的。我只是很想知道他到底有没有想过我或者想到过别的什么。我猜当你处在那种情况下应该不会想到什么人的。我想他的伤一定很严重，但是最后他是因为太累了。主啊，我希望死去的那个人是我！可是，希望一点用都没有，真的一点用都没有。

我真的无法去参加葬礼，没有人能够理解我的感受。这么好的男人不好找。他们根本没有碰到过这样的事，他们也不明白这样的感受。只有我懂。假如我从现在开始还能再活二十年，那么我到底要做些什么呢？没有人告诉我。现在我不需要做什么事情，每天只是在熬日子，但是现在我能做点什么事呢，我必须做点什么了。可是，主啊，夜晚你都做些什么呢，你能告诉我吗？

如果晚上你失眠的话你会怎么度过？我想你一定会找到答案的，就像你找到失去自己的丈夫时的感受。我想你总会弄清楚的。我想你总会在这该死的人生中找到一切的。我想你一定会。一个人如果心死了，那所有的事情似乎也就简单了，像多数人一样在多数时间心死了就好了。我认为这确实是如此。我想这就是你的遭遇。好吧，我一定会有个好的开头。我一定会有个好的开头，假如我一定要这么做的话。我认为你真的要这么做。我觉得确实如此。我想结果就是这样的吧。行了，那我已经有个不错的开头了。现在，我走在所有人的前面了。

这是亚热带冬季种一个美好的、凉爽的白天，在柔和的北风吹拂下棕榈树的树枝轻轻晃动。几个来这里避寒的人有说有笑地骑着脚踏车经过房前。从对面街旁的那所宅子的院里传出来一只孔雀的叫声。

向窗外望去，你可以看见冬天阳光下的大海，显得格外厚实、新鲜、蔚蓝。

你可以看见一艘巨大的白色游艇正缓缓地进港，同时还可以看到在七英里外地平线上有一艘体态娇小的油船出现。它绕开礁石向西边开去，避免逆流而上而浪费燃料，它的倒影映刻在蔚蓝的海面上。